可愛い猫じゃないけれど

真崎ひかる

幻冬舎ルチル文庫

CONTENTS ✦目次✦

可愛い猫じゃないけれど

✦カバーデザイン＝久保宏夏（omochi design）
✦ブックデザイン＝まるか工房

イラスト・高星麻子✦

可愛い猫じゃないけれど

《一》

玄関先からカタンと物音が聞こえてきて、周良《ちから》は視線を落としていた携帯ゲーム機から顔を上げた。

どうやら、母親が帰宅したようだ。

自宅マンションから、徒歩十分ほどの場所で母親が経営している雑貨屋を兼ねたカフェの営業時間は、二十時までだが……店を閉めた後に『野暮用』があったのかもしれない。

そんな周良の予想に違《たが》わず、玄関先から聞こえてくるのは、母親と……それに答える中年男性の声。

どこかで夕食を共にして、母親を送ってきたのだろう。

ゲーム機の電源を落とした周良は、ふっと息をついて腰かけていたソファから立ち上がった。

母親とその『彼氏』にとって、高校生の息子の存在は邪魔でしかないと、言われなくてもわかっている。

「ただいま、周良。ご飯食べた？」

「お帰り。晩飯は軽く食った。おれ、ちょっと呼び出されたから出てくる」

「ええっ、今からぁ？」

リビングに一歩足を踏み入れたところで立ち止まっている母親は、周良の言葉にギュッと眉間《みけん》に皺《しわ》を刻んだ。

チラリと目を向けた壁掛け時計は、十時過ぎを指している。

渋い顔をしたのは、この時間から出かけるとなれば、確実に深夜……未明の帰宅になると予想できるせいだろう。

自分がいないほうが好都合のくせにと、密《ひそ》やかに唇の端を吊《つ》り上げた。

「心配しなくても、ガッコーはちゃんと行くって。始発が動き出したら、テキトーに帰ってくる」

ひらりと右手を振り、リビングのドアへと向かう。

おれが家にいたら邪魔だろう、という言葉が喉元《のどもと》まで込み上げてきたけれど、口に出せば嫌味っぽいかと喉の奥に押し戻す。

母親の後ろに、スーツ姿の中年男性がいるのはわかっていた。顔を上げることなく無言で軽く頭を上下させて、脇を通り抜けようとしたのだが。

「ああ、待ちなさい周良くん、これで……夜食でも。高校生の男の子は、いくらでもお腹がすくだろう」

自然な仕草でスーツのポケットから財布を取り出した男は、周良に向かって一万円札を差し出してきた。

「……っ」

一瞬だけ視線を落として口を開きかけたところで、

「ちょっと、早川《はやかわ》さんっ……またぁ。周良を甘やかさないで」

周良と男のやり取りに気づいたのか、振り向いた母親が諫《いさ》める声を上げる。

いらないと言いかけた周良だが、男が母親を宥《なだ》める方が早かった。

「まぁまぁ、優美子《ゆみこ》さん。ささやかな小遣いくらい、いいじゃないか。ほら、周良くん。早く仕舞いなさい」

周良の味方だという顔で母親を取り成す男に対して、ジワリと湧《わ》いた不快感を、辛うじて押し戻した。

「……いつも、どーも」

母親が割って入る前に……と思ったのか、ギュッと手の中に押し込まれた一万円札を握り締める。

唇の端をわずかに吊り上げて「早川さんて太っ腹だね」と言い残した周良は、背中で母親が「図々《ずうずう》しいんだから」などと、ぶつぶつ文句を零《こぼ》しているのを聞きながら早足でその場を立ち去った。

イラナイから、それでホテルにでもしけこめば？　と突き返したら、理解ある大人の顔で差し出す彼はどんな顔をするだろう。

どうせあちらにしてみれば、深夜に自分を追い出すという罪悪感や良心の呵責《かしゃく》を、小遣いを渡すことで誤魔化しているだけなのだ。

それを周良が嬉《うれ》しげに受け取ったことで、イイコトをした気分になっているのなら……おめでたい。

まぁ、どうでもいいけれど。凪《な》いだ水面に、わざわざ波風を立てるような面倒なことをする気はない。

歩きながらジーンズのポケットに手をやった周良は、携帯電話と財布が入っていることを確認すると、シューズに足を突っ込んで玄関を出る。

閉じた玄関扉を背にして一つため息を零すと、静まり返った廊下を大股《おおまた》で歩いてエレベーターホールへ向かった。

母親は今頃、連日ふらふら夜遊びをするバカ息子だと、早川相手に愚痴を零していることだろう。

□　□　□

改札を出て、数分。雑然とした空気が漂う慣れ親しんだ夜の街に身を置くと、なんとなくホッとする。

目的があるわけではない周良は、深夜に差しかかる時間にもかかわらず人通りが絶えず、賑《にぎ》やかな通りをぶらぶらと歩いた。

呼び出されたというのは嘘《うそ》だったけれど、こうして夜の街を歩いていたら誰かしら顔見知りがいるはずだ。

擦れ違うのは、十六歳の周良と同年代の少年少女がほとんどだ。たまに、化粧をして誤魔化しているけど小学生じゃないか？　と疑うほど幼げな少女や、成人しているようには見えないのに酒気を帯びた青年の姿がある。

チカチカと派手なライトを放つクレーンゲーム機を覗《のぞ》いたところで、背後からポンと肩を叩《たた》かれた。

「よっ、チカラ」

振り返ると、見知った少年が立っている。

彼とは、夜の街でしか顔を合わせることがなく……互いに、名前と歳《とし》とメールアドレスしか知らない。

この街で顔見知りになって一年以上が経《た》つけれど、通っている学校について話したことは一度もないし、フルネームさえ不明だ。

そんな希薄な結びつきであっても、誰かに関係を聞かれれば『トモダチ』と答える以外にないあたり、よく考えれば奇妙な存在だ。

「カツヤか。久し振りだな」

わざわざ待ち合わせて遊ぶほど親しいわけではないので、半月振りくらいだろうか。数センチ高い位置にあるカツヤの顔を見上げて薄く笑った周良に、カツヤは「そうだっけ」と首を捻《ひね》った。

「週に三回はうろついてたんだけど、タイミングがズレてたんだろうな。しっかしおまえ、相変わらずキレーだねぇ」

両手をポケットに突っ込み、背中を屈《かが》めて周良の顔を覗き込みながらからかう調子で軽口を零したカツヤに、ムッと眉《まゆ》を顰《ひそ》めた。

こいつは、周良が自分の容姿を話題にされることを嫌っていると知っていて、わざと口にしているに違いない。

この、相手にとって不快なひと言をあっけらかんとつけ加える性格が災いして、無用な敵を作ったり避けることができる衝突を生み出したりしているのに、相変わらず学習能力がないというか……凝りないヤツ。

「ハイハイ、キレーですよ」

「……認めやがった」

思う壺に嵌《はま》ることが面倒で、周良が相手にすることなく軽く受け流すと、カツヤは途端に白けた顔になって屈めていた腰を伸ばした。

心の中で、ざまーみろと舌を突き出す。

「ちぇっ、自他ともに認めるイケメンは嫌味にもならねーよな。レナなんて、チカラが一緒ならいいけど……とか言いやがったし」

しつこく絡もうとするカツヤの言葉を、今度は無言でやり過ごした。どうやら、ここしばらくご執心の『レナ』に声をかけた際に周良の名前を出されたことで、八つ当たりされているらしい。

周良自身にとっては嬉しくもなんともないが、自分が目立つ容姿をしていることは否応なく思い知らされている。

子供の頃から、『えっ、男の子？　もったいない』とか『お人形みたいに整った顔をしているわね。大きくなったら女の子にモテモテだわ』等々、周囲の大人たちから望まなくとも聞かされ続けてきたのだ。

同性からはやっかみ混じりの反感を買い、『女をとっかえひっかえしている』などと根も葉もない噂を立てられる。

異性からは、『どうせ遊びまくってるんでしょ。つき合ってても、すぐ浮気されそう』と決めつけられる。

気配を押し殺そうとしても視線を集めるし、どこでなにをしていても悪目立ちするので、この『キレーな顔』は迷惑なばかりだ。

「おまえ、カラーリング変えた？」

「あー……うん。ユキにいじられた」

「そういやあいつ、チカラにはマロンブラウンよりメープルハニーが似合うって言ってたからなぁ。チャラさが際立って、いい感じよ？」

ニヤニヤと笑いながら、前髪をツンと引っ張られた。

皮肉が滲《にじ》んでいることを自覚しているのか……否、カツヤ自身は褒め言葉と思って口にしているのだろう。

「そりゃどーも。カツヤみたいな金髪にされなくて、ホッとしたけどな。……メンテが大変そうだ」

カツヤの手を振り払った周良は、カツヤの下品な金髪頭を指差してさり気なく意趣返しする。

周良の嫌味に気づかなかったのか、カツヤは「一回コレにしたら、地味な頭にゃできねーよ」と能天気に笑った。

周良は、自身に大人しい装いは似合わない、かえって視線を集めてしまうと学習してからは、あえて髪を薄茶色にカラーリングして大人が眉を顰めるルーズな服を着ることで、『周りの評価』に自分を合わせている。

我ながら極端というか……捻くれていると思うが、このほうが浮かないのだから仕方ない。

「これから誰かと落ち合うのか？　クラブにコーイチさんいたぞ」

「……いや、テキトーにふらついてた。コーイチさんがいるなら、クラブはやめておく」

コーイチという名前に、ひっそりと眉根を寄せた。

彼は、この界隈を遊び場にしている少年少女のあいだで、リーダー格の少年だ。

初めて顔を合わせたのは高校に上がってすぐ、この街をうろつくようになった約一年前なのだが、周良の『顔』を気に入ったと公言して、数多《あまた》いる取り巻きのうちの一人として引っ張り込もうと声をかけてくる。

事実なのか確かめる気もないけれど、コーイチは以前からバイセクシャルだと隠しもしていなくて、今一番のお気に入りが『チカラ』だと吹聴《ふいちょう》している。

周りから聞かされた情報では、間もなく二十歳《はたち》になろうかという年齢らしい。金遣いが派手で、懐に入れた人間の面倒見がよく、ケンカをすれば敵なしの腕っ節の強さ。百八十センチを超える長身で体格もよく、凄味《すごみ》のある美形。

やることなすことすべてが大胆で、犯罪ギリギリどころか警察沙汰《ざた》にならなければおかしいようなことでも目溢《めこぼ》しされている。

噂では、父親が政治家だか官僚だかで、裏から圧力をかけることによって警察も手を出せないとか……。

バックボーンと目立つ容姿、大胆不敵な言動すべてがカリスマ性を高め、誰も彼に逆らえない。

どこまで本当のことでどこから尾ひれや背びれなのか、確かめようがないので不明だけれど、周良にとってはできるだけ関わりたくない存在だ。

コーイチの庇護下に入ってしまえばある意味楽ができるかもしれないが、マスコットだとかペット扱いされるなど、冗談じゃない。

結果、可能な限り顔を合わせずにすむよう、のらりくらりと逃げ続け……コーイチがいると耳にした場所には極力近づかないようにしている。触らぬ神に祟《たた》りなしとは、昔の人は巧いことを言ったものだ。

コーイチの取り巻き連中は周良を彼の近くに連れ出そうとするが、表面上はコーイチに諂《へつら》っていても多少なりとも反発心を抱いているカツヤのような人間は、こうして周良に逃げ道を与えてくれる。

中には、いつまで周良が逃げ続けられるのか賭けの対象にしてみたりと、面白がっているだけの連中もいるようだが。

「カツヤはなにやってんの？　こんな時間に帰るってわけじゃないだろ」

まだ、十一時そこそこだ。自分も含め、この界隈で夜遊びをする人間にとって帰宅するには早すぎる。

「さっきまでクラブにいたんだけど、面倒な女が来たから出てきた。シンゴが近くにいるみたいなんだけど、一緒しねー？」

そこ、と。ビルの二階にあるファストフード店を指差しながら誘われて、「いいよ」とうなずいた。

友人と呼べるほど、親しいわけではない。けれど、一人でぶらぶらすることに比べれば、時間潰《つぶ》しにはなる。

希薄な関係だとわかっていながら、夜の街では群れる相手がいるだけで自衛になるのだ。

一匹狼などと格好をつけること自体、馬鹿げているし疲れるだけだ。

制服姿の少女二人組とすれ違い、カツヤがチラリと振り向いた。

「そういや、新学期が始まってるんだっけか。チカラ、ガッコー行ってる？　かったるいよなぁ」

「親がうるさいから、一応行ってる。ほとんど寝てるけどさ」

聞かれたことに答える周良の声は、雑踏の喧騒にかき消されそうだった。

一歩前を歩くカツヤの耳には届いたらしく、「ふーん。行ってるだけ、イイ子じゃん」と、ゲラゲラ笑い声を上げる。

周良も、おどけた口調で「イイ子だろー」と笑い返した。

この会話のなにがおかしいのか理解できないが、適当に笑って合わせておけば『場』が収まるのだ。

自動ドアをくぐって、ファストフード店に足を踏み入れる。

どことなく澱《よど》んだ空気が満ちる店内にほんの少し眉を顰めると、コッソリとため息をついた。


「ふっざけんなよ、カツヤのやつ。問答無用で巻き込みやがって。補導されちまえっ。あー、イテェ……」

派手な金髪を思い浮かべて悪態を口にした周良は、手のひらの真新しい擦り傷をペロリと舐《な》める。

始発までファストフード店かゲームセンターで時間を潰そうと思っていたのに、血の気の多いカツヤが売られたケンカを気軽に買ったせいで大騒ぎとなってしまい、補導員や警察官が集まってくる事態になってしまった。

周良は、基本的に事なかれ主義なので適当にかわしていたのだが、『カツヤのツレ』としてはまったく手を出さないわけにもいかず……外見からして、『ケンカをしました』という風情になっているはずだ。

鏡を見ていないのでよくわからないが、唇の端がピリピリするし血の味も感じるので、切れているに違いない。きっと頬《ほお》にも擦り傷の一つや二つはできていて……強く摑《つか》まれたシャツの襟首《えりくび》も、よれていると思う。

この状態では、ファミリーレストランやファストフード店、コンビニで時間を潰すこともできない。

ギリギリで終電に間に合ったので、とりあえずあの街を離れるべく自宅の最寄り駅まで戻ってきた。

行き場はない。でも、この時間に自宅に帰るという選択肢は端《はな》からあり得ない。

母親と早川は、自分がいないことを幸いとばかりに二人の時間を満喫しているはずだ。

「……あー、やめやめ」

うっかりその場面を思い浮かべそうになってしまい、慌てて頭を左右に振って思考から追い出した。

母親とその『彼氏』がどうしているかなど、想像したくもない。

「サイアク、公園で夜明かしかぁ」

幸いなのは、四月も半ばに差しかかっているので寒さに震えるというほど気温が低くはないし、雨も降っていないということだろう。

自宅近所の児童公園で夜明かししたことは、これまでにも数回ある。

「あー……腹減ったなぁ」

とりあえず、自動販売機で飲み物を買って空腹を紛らわせるか……と考えながら、キョロキョロと視線を巡らせる。

二車線ずつの道路の反対側に、煌々《こうこう》と明かりを放つ自動販売機を見つけた。今なら、まだホット飲料も扱っているはずだ。

道路を横断しようとしたところで、結構なスピードで走ってくる車のヘッドライトが目に入り、それをやり過ごすために足を止めた。

その周良の視界に、向かい側からこちらに向かって飛び出した小さな影が過《よぎ》る。

危ない！　とヒヤリとしたものが背筋を駆け抜け……、

「……あ！」

周良が短く声を上げたと同時に、「ギャン」という悲鳴が耳に飛び込んできた。

ブレーキをかけることも、スピードを落とすことさえなく周良の前を通り過ぎた車は、飛び出してきた小さな影に気づかなかったのだろうか。

恐る恐る目を向けると、街灯の光がわずかに届く道路脇に、悲鳴の主らしき塊が横たわっていた。

「い、生きてる……か？」

まともに撥《は》ねられた感じではなかったけれど、確かめるのは怖かった。少し離れたところから様子を窺《うかが》っていると、もぞもぞと動いているのがわかる。

「生きてるっ」

そう確信できたと同時に、なにをどうすればいいのか考えるより早く駆け寄っていた。アスファルトに膝《ひざ》をつき、そっと両手を伸ばす。

「い、犬……？」

中型犬というのだろうか、柴犬より少し大きいくらいの白い犬が、ぐったりと横たわっている。

自分が手を出したところでなにができるわけでもないとわかっていたけれど、見て見ぬふりで立ち去ることはできなかった。

「ど、どうしよう……」

そっと身体《からだ》に触れてみると、あたたかい。ぼんやりとした光でも、白い毛をベッタリと汚す血が見て取れた。

このまま放っておけば、かすかな命の灯が消えてしまうだろうことは確実で……でも、自分になにができる？

「犬が倒れているとか言っても、救急車なんて来てくれないよなぁ。交番に届けるとか……?」

犬の背中に手を置いたまま、必死で考えを巡らせる。

物心ついて以来、集合住宅住まいの周良は、動物を飼ったことが一度もない。動物専門の病院が存在することは知っていても、この近所にあるのか……深夜でも急患を診てくれるのか、なにもわからない。

どうしよう……。どうしよう。このままだと、死んでしまうかもしれない。

そうして、五分……十分、もっと時間が経っただろうか。道路に膝をついたまま、なにもできないという無力感に唇を噛《か》むしかできなかった。

その時、周良と犬の脇を猛スピードのトラックが轟音《ごうおん》と共に通り抜けて、肩を竦《すく》ませる。

「ここじゃ、危ないよな」

今の時点で自分にできることは、他にないか……と上着を脱いで犬を包み、車道脇から歩道に移動させようとした。

そろりと抱き上げたところで、ガサガサとなにかが擦《こす》れるような異音が聞こえてきて動きを止めた。

コンビニの白いレジ袋を手にした人影が、こちらに向かって歩いてくる。薄暗いのでハッキリとは見えないけれど、背格好からして長身の若い男だろう。

犬を抱え上げた状態で立ち竦む周良の脇を、通り過ぎようとして……ピタリと足を止めた。

「……なにをしているんです？」

不審そうな響きの声で低く問われて、背後を振り向いた。周良が答える前に、大股で歩み寄ってくる。

周良の隣に並ぶと、上着に包み込まれた犬を覗き込んだ。

「犬……。なにをしたんですか？」

「えっ？」

なにをした、という問いは予想もしていなかったもので、驚いた周良は勢いよく隣にいる男に顔を向けた。

予想通り、若い男だ。街灯の光は仄《ほの》かなものだけれど、周良を鋭い目で睨《にら》みつけているのがわかる。

険しい表情も、硬い声も、周良がこの犬に危害を加えたものだと……決めつけている？

「おれはっ」

なにもしていない、と返そうとした周良だったが、腕の中の犬がビクッと大きく身体を震わせたことで言葉を呑《の》み込んだ。焦って視線を落とすと、苦しそうに四本の脚を動かしている。

「ッ……な、なんとかできないのかよっ」

「なんとかって、……そのままついてきなさい」

怪訝《けげん》そうになにか言いかけた男だったけれど、犬が一刻を争う重傷だと見て取ったのか、短く口にして周良に背中を向ける。

ついて来い？　どこへ……？

「早く」

動けずにいると、周良を振り返った男が短く急《せ》かす。

そうだ。今は、ぼうっとしている場合ではない。

「う、うん」

犬を抱いたままの周良は、ついて来い、という言葉の意味がわからないまま、早足で歩く男のあとを追いかけた。

《二》

「ひとまず、これで様子見ですね」

麻酔だか鎮静剤だかの作用で、手当てが施されて診察台に横たわっている白い犬はピクリとも動かない。

息をしているのか怖くなったけれど、よく見れば規則的に腹が上下していて、ふと安堵《あんど》の息をついた。

「……こいつ、助かる？」

犬から目を逸《そ》らした周良は、診察台を挟んで向かい側に立っている男を見上げた。

予想もしていなかったことに、偶然通りかかったこの男は獣医だったのだ。この犬にとって、交通事故に遭遇したことは災難でしかないと思うが、深夜に獣医がたまたま通りかかったことは幸いだった。

フレームレスの眼鏡越しに周良にチラリと目を向けた男は、手袋を外しながら淡々と答えた。

「今は、これ以上のことはできません。あとは、この犬の生命力次第です」

「そっか」

再び犬に視線を落とした周良は、心の中で「ガンバレよ」とつぶやいた。抱き上げた身体のぬくもりが、まだ腕に残っているみたいだ。

「あのさ、夜中に……大丈夫だったのか？」

白衣から袖《そで》を抜いて、近くのイスに引っかけている男の背中に向かって、今更ながらの質問を投げかけた。

ペットクリニックと記された看板のかかった建物の裏側に回り込んだ男は、ポケットから鍵を取り出して通用口らしき扉を当然のように開けたのだけれど……間違いなく、診療時間外だ。

無断で周良を招き入れた上に、設備や薬を使っても大丈夫なのだろうか。

ファイルを広げてなにやら記録していた男は、周良に背中を向けたままこれまでと変わらない丁寧な口調で返してきた。

「心配無用です。僕は、このペットクリニックの院長ですから。そういえば、名乗っていなかったかな。三笠千里《みかさせんり》といいます」

「えっ、院長って……その歳でっ？」

予想外の言葉に驚いた周良は、思わず不躾《ぶしつけ》な一言を口にしてしまった。

だって、どう見ても……二十代、半ばくらいなのだ。

多く見積もっても、三十歳に手が届くかどうかで、『院長』という単語からイメージする人物像からは、かけ離れている。

「いくつに見えますか?」

ファイルを閉じて周良を振り向いた男は、クスリと笑った。

犬の手当てをしているあいだずっと厳しい顔つきをしていたので、なんとなく冷たい雰囲気だったのだけれど……そうして目を細めると、途端に優しげなものになる。元の顔が整ったものなので、真剣な表情が冷たく見えたのかもしれない。

「えっと……二十五、ううん六か七ってところかな」

二十五と口にしたと同時にピクッと唇を震わせた男の反応で、もう少し上かと言い直した。

そんな周良に、眼鏡を外した彼は笑みを深くする。

「残念でした。三十一歳です」

「……嘘だぁ」

明るい光の下、柔和な雰囲気の優しげな顔をマジマジと見ても、三十を過ぎているようには思えない。

高校の担任教師が確か三十歳になろうかという年齢だったはずだが、この男よりいくつも年上に見えるのだ。

嘘だと決めつけた周良に、男はズボンの後ろポケットから取り出した財布を広げて、カー

ド状のものを差し出してくる。

「証拠です」

免許証らしきプラスチックのカードにチラリと視線を落とすと、生年月日が記載された欄の数字を目にした。

平成生まれの周良は、昭和から始まる生年の数字の計算に少し手間取ったけれど……。

「えーっと……ホントだ」

確かに、三十一歳だ。

呆然《ぼうぜん》とした響きのつぶやきに、クスリと笑われた気配を感じて顔を上げた。

周良が目を向けた時には男の顔から笑みは消えていたけれど、歩道のところで睨みつけてきた人物と同じとは思えないほど優しげな表情をしていて……戸惑う。

周良から目を逸らした男は、横たわっている犬を抱いて診察台の上から床に置いてあるケージへ移動させると、所在なく立ち竦んでいる周良に向き直った。

「じゃあ、次は君の番だ」

「え？」

「傷の手当て。こっちにおいで」

口調は決して高圧的なものではないのに、有無を言わさない響きだった。診察室の奥に足を向けた男は、戸惑う周良を振り向いて視線で促す。

「……心配しなくても、人間用の消毒薬を使うよ」

「別にっ、そんなこと心配してるわけじゃ……」

からかいを含む声に反射的に言い返した周良は、診察台からケージへと移された犬をチラッと見下ろした。

まだ薬が効いているのか、よく眠っている。自分がこうして脇で突っ立っていても無意味だろうと嘆息して、その場を離れた。

男の後について入った奥の個室には、四人くらいは座れそうな大きなソファとテーブルが置かれていた。

キッチンスペースも兼ねているらしく、壁際には小型の冷蔵庫がある。その上にオーブンレンジ……シンクに電気ポット、マグカップ等の食器類が並んでいることからも、休憩のためのスペースになっているのだろうと窺える。

「どうぞ、座って」

ソファを指差した男に言われるまま、腰を下ろした。仮眠用のベッドも兼ねているのか、ソファの端にはクッションや畳まれた毛布もある。

周良の隣に腰かけた男は、テーブルの下から緑色の十字が印刷された救急箱らしきケースを取り出す。

蓋《ふた》を開けて、消毒スプレーやガーゼを手際よくテーブルに並べる男の手元を無言で見ていると、淡々とした声で口を開いた。

「動物たちの相手をしていたら、生傷が絶えないもので。人間用の救急キットも、必需品なんです」

「……ふーん」

どうでもいいけど……と、声に滲ませて短く返す。

歩道のところでは怖い顔で睨みつけてきたくせに、こんなふうに友好的だと勘違いしそうな穏やかな口調で話しかけられると、戸惑うばかりだ。

「三笠、さん。おれが、あの犬になんかしたって思ってたんじゃないの？　それなのに、手当てしてくれるんだ？」

この男がなにを考えているのかわからなくて、どういうつもりだと尋ねた。

手の動きを止めた三笠は、申し訳なさを滲ませた声で答えてくる。

「あ……きちんと謝らないといけませんね。あれは、僕の早とちりと誤解だった。ごめんね。君は、車に轢《ひ》き逃げされた子を助けようとしてくれたんだよね？」

当然のように謝罪されたことに、驚いた。大人の男にこうやって頭を下げられたのは初めてだ。

謝罪を求めたわけではない周良は、しどろもどろになって言い返す。

「べ、別に……頭まで下げなくても。おれみたいな見てくれだと、そう思われても仕方ないってわかってるし」

外見で判断されることには、慣れている。

駅で大泣きしていた迷子らしき子供に声をかけたら、駅員に不審者を見る目で「なにをしている」と咎《とが》められたこともあるくらいだ。

さっきの状況からして、自分が危害を加えたと思われても仕方がないだろう。

「そんな、最初からあきらめたみたいな言い方をしちゃダメだ。君は、もっと怒っていいと思うけど」

三笠は投げやりな言葉を諌め、苦笑を滲ませる。

戸惑いが増すばかりの周良は、不思議なものを見る心境で隣を見上げた。

「キミ……じゃない。そんな、お上品な呼ばれ方をしたら、背中がムズムズする。おれ、河《かわ》原《はら》周良」

無愛想に名乗った周良に、三笠は笑みを深くした。可愛げのない態度だと自分でも思うのに、妙に嬉しそうだ。

落ち着かない気分になった周良は、目を逸らしてテーブルの上に視線を泳がせる。

なんなんだ、この人。変な人。

「だいたい、おれのほうが年下なんだし。丁寧な口調で話さなくていいよ。慣れないから気持ち悪い」

「これは、口癖《くちぐせ》みたいなものですが。うーん……でも、気持ち悪いのなら改めようかな。周良くん、いい名前だね」

気持ち悪いなどと言い放った周良にも、三笠は気分を害した様子はない。やはり、少し変わっていると思う。

「手当てをさせてもらって、いいかな？」

「……ん」

余計なお世話だと突っぱねるタイミングを逃した周良は、わざとしかめっ面をして三笠に顔を向けた。消毒液を浸したガーゼを唇の端に押し当てられ、ピリッと走った痛みに眉を顰める。

唇の端と、拳《こぶし》を振り上げた相手がつけていた指輪が掠《かす》めた耳の下……無言でテキパキと消毒を施した三笠は、不意に周良の両手を摑む。

「なんだよっ」

ビクッと肩を震わせた周良は、慌てて摑まれていた手を振り払った。

犬の手当てをしていた時にも思ったけれど、大きな手だった。少し冷たいのは、消毒液で濡《ぬ》れていたせいだろうか。

「ケンカ傷かな、と思ったんだけど……周良くんは手を出していないね」

「な、なんで？」

尋ねるのではなく、断定する口調だった。なにも言っていないのに……どうして、周良が相手を殴っていないことがわかる？

三笠の指摘通り、カツヤの巻き添えで仕方なく応戦しただけで、周良はほぼ防御に徹していた。

とは言っても、大人しくやられる一方ではなく、一発……二発くらいは蹴り返したのだけれど。

「手の甲に、相手を殴った時にできる痕跡がないから。絡まれた？　カツアゲとか、されてない？」

「やられる一方じゃない。殴ってないだけで、蹴りは入れてるよ。おれ、いじめられっ子とか、ひ弱に見える？」

被害者ではないかと心配しているらしい三笠に、わざとふてぶてしい笑みを浮かべて言い返した。

周良と目を合わせた三笠は、笑みを消すことなく無言でポンと頭に手を置く。

「一方的に危害を加えられたのでないなら、いいけど」

まるで、強がる子供を窘《たしな》めるような仕草だ。

確かに、三笠にとって一回り以上年下の周良など『子供』に見えるだろうけど、なんだかものすごく居心地が悪い。

子供が粋がっていると、周良を下に見ている雰囲気でもなく、物わかりのいい大人を装って変に媚《こ》びる風でもなく……。

唇を引き結んだ周良が無言で頭に置かれた手を振り払っても、三笠は穏やかな表情を崩すことなく言葉を続けた。

「なにか飲む？」

「いらな……ッ」

断り文句を口にしかけたところで、グゥと腹の虫が鳴いた。慌てて自分の腹に手を押し当てた周良に、三笠はクスクスと笑いながら立ち上がる。

「スタッフが置いてるおやつもあるし、温かいものを用意するよ」

「…………」

この人の傍《そば》は、なんとなく居心地が悪い。けれど、救急箱と入れ替えにテーブルに置かれたクッキーの缶は魅力的で……食欲に負けた。

無言を了解と受け取ったのか、三笠は小さな冷蔵庫を開けてゴソゴソしている。

その背中をチラリと見遣《みや》った周良は、声に出すことなく「変な人」と何度目かのつぶやきを零した。

ほどなくしてレンジから電子音が響き、マグカップを両手に持った三笠が周良の隣に戻ってくる。

「はい、どうぞ。蜂蜜入りのホットミルク。これなら、唇の傷に沁《し》みないだろうから」

手を出すことを躊躇《ためら》っていた周良だったが、三笠自身も同じものに口をつけているのを見て、「ガキだってバカにしてホットミルクなのか」という文句を呑み込んだ。

言動すべてが自然体な三笠を見ていると、肩肘《かたひじ》張って捻くれた受け取り方をしたり、いちいち反発したりすることが馬鹿らしくなってしまった。

周良はふと息をつき、「いただきます」とつぶやいてマグカップを手に取る。ほんのりと甘い飲み物は、懐かしい味がした。

「好きなものをどうぞ」

「……ありがと」

蓋を開けたクッキーの缶を指差されて、遠慮なく手を伸ばす。

ホットミルクといい、バターの香りがたっぷりのサクサクとしたクッキーといい……小学生の頃、働いていて帰宅の遅い母親が、周良のために用意してくれていたおやつを思い出す。今では完全放任主義の母親も、彼氏ができる前までは母親らしくあろうとしていたということか。

無言でクッキーを齧《かじ》っていると、三笠が話しかけてきた。

「どうして、誤解だって言わなかった？　あんなふうに睨みつけた僕に、傷ついた犬を助けようとしたんだって言い返せばよかったのに」

「あの場で、おれがそう言って……信じた？」

皮肉の滲む声で小さくつぶやき、唇の端をわずかに吊り上げる。ホットミルクを飲み干すと、底に溜《た》まっていた蜂蜜の強烈な甘さに眉を寄せた。

「主張しないと、なにも伝わらない。テレパシー能力があるなら、別だろうけど」

三笠は、そう言って小さなため息をつく。

両手で包み込んだマグカップを見ている周良には、彼がどんな顔でそう口にしたのか知る術《すべ》はない。

主張することなく決めつけて、最初からあきらめている周良の言葉を、可愛げがないと呆《あき》れているかもしれない。

三笠も周良も口を噤《つぐ》むと、静かな空気が流れた。

もともと周良は、初対面の人間が苦手だ。夜の街で連れ立っている『トモダチ』のように複数で、その場限りの表面上だけのつき合いと割り切るならともかく、こうして一対一で向き合うのは息が詰まりそうになる。

それなのに今は、気を抜けば意識が遠のきそうなほどゆったりとした気分になっている。変な獣医。奇妙にペースを崩される自分。場所は、深夜の動物病院。

なにもかもが日常とかけ離れていて、不思議な心地だ。

ホットミルクとクッキーで腹が満たされたことも、緊張を手放す要因になっているのかもしれない。

腹がいっぱいになって眠くなるなんて、子供みたいだ。こんな、わけのわからない獣医の傍で……気を抜く自分が理解できない。

そうして抗《あらが》おうとすればするほど、睡魔は容赦なく忍び寄ってきて……。

何度か、頭を揺らしてはビクッと肩を震わせて立て直していた周良だったけれど、ついに重い瞼《まぶた》をそっと伏せた。


身体の右側が、やけにあたたかい。

これは……なに？

どうしてだろう。懐かしいような、不思議なぬくもりだ。

瞼を震わせた周良は、ぬくもりの正体を確かめるべく閉じていた目をそっと開いた。

一番に視界に飛び込んできたのは、まったく見覚えのないテーブルとそこに置かれたマグカップ。

「あ……れ？」

自分の置かれている状況がわからず、眉を顰めた周良は不可解な面持ちで目をしばたたかせた。

「えっっ？」

ほんのりとしたぬくもりの発信源である右側に向けて、ビクッと身体を震わせる。そうして動いたことで、肩にかけられていた毛布が膝の上へと滑り落ちた。

周良を包んでいたぬくもりは、この毛布のあたたかさだけでなく、隣にいる男の体温もあったに違いない。

端整な横顔をジッと見ていても、動かない。うつむき加減の体勢で、腕を組み、目を閉じて……眠っている？

「おれ……寝てた、のか」

頭を振ってつぶやいたところで、深夜の記憶が呼び覚まされた。

車に轢き逃げされた犬と共に、偶然通りかかった三笠という男の動物病院に来て……軽食を食べさせてもらったところまでは憶《おぼ》えている。

会話が途切れ、うっかり眠ってしまいそうだと睡魔に抗っていたのだが、どうやら陥落してしまったようだ。

「今、何時だろ？」

ブラインドが下ろされた窓の外がぼんやりと明るくなっているし、小鳥の囀《さえず》りや新聞配達員のものかバイクの音も聞こえてくる。

視線を巡らせて壁にかかっている時計を見つけた周良は、声もなく目を瞠《みは》った。瞼を擦ってもう一度目にしても、やはり六時過ぎを指している。うたた寝というレベルではなく、本格的に寝入っていたようだ。

「し、信じられない」

見知らぬ場所で初対面の人間にもたれかかって、図々しく眠っていたことに驚く。

膝のところにある毛布を握り締めて狼狽《うろた》えていると、周良がゴソゴソ動く気配を感じたのか三笠が身体を震わせた。

「ん……」

息を呑んで横顔を見ていると、ゆっくりと瞼を押し開く。

目覚めてすぐの周良がそうだったように、自分が置かれている状況を把握できていないのか、何度かまばたきをして……。

「あ」

なにか思い出したように小さく零し、こちらに顔を向けてきたところで、座り込んでいたソファから立ち上がった。

「ごめんなさい。お邪魔しましたっ！」

周良は、先手必勝とばかりに三笠が話しかけてくる前に早口でそう言うと、ガバッと頭を下げて踵《きびす》を返した。

ドアを開けたところで、

「周良くんっ」

慌てたように名前を呼ぶ三笠の声が背中を追いかけてきたけれど、立ち止まることなく走り去った。

《三》

看板に記された診療時間は、午前九時から正午。お昼の休憩を挟んで、午後は十四時から十九時。

診療時間が終わるのを狙ったわけではないが、周良がここに着いたのは十九時半を過ぎた頃だった。

通りを、行ったり来たり……うろうろする周良は、傍《はた》から見る人がいればかなり不審な行動だと思われるだろう。

四台分の駐車スペースがある駐車場に面したガラス扉には、カーテンが引かれている。そのカーテンの内側に灯《とも》されていた電気が消えてから、十五分は経つだろうか。

どうしよう。逃げるように飛び出した朝の自分の行動を思い出せば、このこと顔を出すのはなんだか気まずい。

別に悪いことをしたわけではないし、今も悪事を働くつもりはないのだからコソコソする必要などないのだが、あの奇妙な空気感の男と顔を合わせるのは躊躇う。三笠には、自分のペースを完全に狂わされてしまうので、居心地が悪いのだ。

「あ、そっか。郵便受けに入れておけばいいんだ」

唐突に名案が浮かんで、手を打った。どうして今まで思いつかなかったのか、不思議なくらいだ。

スッキリした気分でガラス扉の脇にある郵便受けに足を向けた周良は、肩から斜め掛けにしているバッグを探って封筒を取り出した。

なんの変哲もない茶封筒だが、このまま突っ込んでおけばいいか。

迷いから解放され、晴れ晴れとした表情で郵便受けに向かって手を伸ばしたところで、なんの前触れもなくガラス扉が開いた。

「っっ！」

あまりの不意打ちに驚いた周良は、悪いことをしていたわけではないのに心臓がすくみ上がるのを感じて硬直した。

そんな周良を、ガラス扉を開いた男が目を丸くして見下ろしている。

「人影が見えたので、急患かと思ったら……周良くん」

「あ、これ……渡したかっただけだからっ。あと、犬……どんな感じかなって」

周良が押しつけた封筒を怪訝な顔で手にした三笠は、早口で言葉を重ねる周良に目を細めて答えた。

「だいぶん落ち着いた。命の危険は脱したと思っていいよ」

その返答に、ホッと肩を上下させた。

授業中も、昼食を食べている時も……今日一日、ずっと頭の隅に引っかかっていたのだ。級友に誘われてカラオケ店に寄り道をしたけれど、楽しむことができなくて、途中で抜けて出てきた。

「よ、よかった。じゃあ」

足元に視線を落として唇の端を緩ませる。小さくつぶやいた周良は、もう用は済んだとばかりに踵を返そうとした。

けれど、身体の向きを変えたところで二の腕を掴まれた。

「ちょっと待って。これはなに？」

三笠は、左手で周良を引き留めつつ右手に持った封筒を困惑の表情で見ている。周良は、掴まれた腕を引き抜くべくもぞもぞ身体を動かしながら、封筒について答えた。

「あの犬の治療費。足りるかどうかわかんないけど、とりあえずっ」

「治療費って、でも……。周良くん、とりあえず中に入って」

腕を掴んでいる三笠の手の力が、グッと強くなる。細身で、やんわりとした柔和な外見なのに、簡単に振り解《ほど》けそうにない。

「なにか用があって、急いでる？」

「ってわけじゃない、けど」

バカ正直に答えた直後、そういうことにしておけばよかったと後悔する。しまった、という思いが顔に出ていたのか、三笠が笑みを深くした。

「ほら、早く」

「でっ、でも」

「忘れ物も渡したいし、あの子に逢《あ》ってやって」

反発を覚えるほど、強引ではない。

でも、周良に否を言わせる隙のない不思議な迫力に負けてしまい、渋々と三笠が開け放した扉をくぐった。

昨夜は診察室に置かれているケージに横たえられていた犬は、診察室とも休憩室とも別の、カプセルホテルのような部屋に移動させられていた。

入院が必要な動物が収まるのであろう三段になったケージは、九つ。今のところ、昨夜の犬とメガホンのような襟巻をつけられた猫の姿しかない。

部屋に入った三笠と周良の姿に気づいたのか、一番下のゆったりとした区画にいる白い犬が頭を上げた。

「権兵衛《ごんべえ》、周良くんだよ。君の命の恩人だ」

屈み込んだ三笠が、そう話しかけながら一番下の段の扉を開ける。立ったまま眺めていると、「周良くん」と手招きをされた。

「権兵衛って？」

当たり前のように犬に向かって呼びかけたことからして、この犬の名前だろうか。どうやって名前を知ったのだろう。

不思議に思いながら問いかけた周良に、三笠は笑って答えた。

「名無しの権兵衛。首輪もつけてなかったし、名前がわからないから便宜上そう呼ばせてもらってる」

「……犬の名前って、普通はポチとかタローとか、コイツだとシロじゃないの？」

勝手にそう呼んでいるのだという返答に、思わず笑ってしまった。やっぱり、ちょっと変な……面白い人だ。

肩を揺らす周良に、三笠は「そうかなぁ」と首を捻った。

昨夜も感じていたことだが、この人……俗にいう『天然』というやつではないだろうか、という疑いを強くする。

周良が苦笑していると、三笠が『権兵衛』の頭をそっと撫《な》でて口を開いた。首輪をつけていなかったので野良犬かもしれないと思っていたけれど、人間に慣れているのか白い犬は大人しく三笠の手に触れられている。

野良犬ではなく、迷い犬だろうか？　どこかに飼い主がいて、姿が見えなくなったこの犬を探しているのかもしれない。

「改めてエックス線検査をしたけど、幸いなことに内臓は無事だった。後ろ脚が折れているのと、裂傷がいくつかあるくらいだ。毛艶《けづや》とか身体つきからしてまだ若そうだから、すぐに治るよ」

「そっか。……よかったな、権兵衛」

三笠の脇にしゃがみ込んだ周良は、三笠にならって権兵衛と呼びかけて肩を上下させた。

思わず伸ばしかけた手は、権兵衛が周良の手をチラッと見遣ったことで途中で引っ込めてしまう。

物心ついてからずっと集合住宅で生活している周良は、動物に慣れていない。昨夜は夢中だったから抱き上げることができたけれど、こうしてアチラから見られていると、どう触れればいいのか躊躇う。

無事が確かめられたのだから、もういいか。自分がここにいる理由はない。

「それじゃ、お邪魔しました」

「待って、周良くん」

出て行こうと、そう口にして立ち上がったところで、同じく膝を伸ばした三笠に腕を取られた。

「これ……貰えないよ」

「でも、動物病院ってメチャクチャ金がかかるってきいたことがあるし。それで足りるかどうかは、わかんないけど」

周良が押しつけた封筒を白衣のポケットから取り出した三笠は、折り返していただけの口を開けて覗き込み……目を見開いた。

「やっぱり足りない？」

動物病院の相場など知らない周良は、少ないより多い方がいいだろうと思って五万円を入れておいたのだが、やはり不足しているのだろうか。

「逆だ。多すぎるよ」

「なんだ。じゃあ、いいじゃん。それできちんと治してやって」

足りないのでなければ、どうして三笠は表情を曇らせているのだろう。

不可解に思いながら腕を取り戻そうと身動《みじろ》ぎする周良に、三笠はどことなく厳しい顔をしている。

「あっ、カツアゲしたとか、引ったくりしたとかじゃないからなっ！」

現金の出所を訝《いぶか》しく思っているのではないかという可能性に思い到り、犯罪がらみの金ではないと封筒を指差す。

慌てて言い訳をしたみたいで、かえって怪しさを増す言葉だったかもしれないけれど、本当に妙なものではない。

母親の『彼氏』からもらった小遣いを、溜めていただけだ。

頻繁に小遣いを与えられ、その場では嬉しげに受け取っていても、ファストフード店やファミリーレストランでの買い食いやゲームセンター、カラオケといったものに使うくらいで……正直言って、持て余していた。

無駄遣いしようと思えばどうとでもできるけれど、無意味に浪費するよりいずれ自宅を出る際の資金にさせてもらおうと、大部分は机の引き出しに突っ込んでいるのだ。

「そんなこと、疑ってないよ。昨日もだけど、無理に悪ぶらないでいいのに」

小さく吐息をついてかすかな笑みを滲ませた三笠は、そう言って周良の髪を撫で回した。

それは、先ほど『権兵衛』を撫でていた手つきと変わらないもので……唇を引き結んだ周良は、頭を振って拒絶する。

「悪ぶるって、なんだよ。別におれは、カッコつけて突っ張ってるわけじゃない。勝手に決めつけんな」

「……うん、そうだね。とりあえずこれは、返しておく。周良くんから治療費を取るつもりは、もともとないよ」

自分でもかなり刺々《とげとげ》しい態度だと思うのだが、意に介した様子はなく穏やかに笑った三笠

に封筒を差し出された。

受け取るのを躊躇っていると、「周良くん」と促す響きで名前を呼ばれる。

渋々と封筒に手を伸ばした周良は、わざと憎たらしい調子で口を開いた。

「ボランティア精神？　ご立派ですね。ドーブツ病院って、儲かるんだ？」

「まぁ……そういうところもあるかもしれないけど、僕は残念ながらギリギリの生活です。このクリニックは、つい二カ月ほど前に恩師から引き継いだんだけど、改装した時に検査機材もゴッソリ入れ替えたから……ローンをたっぷり抱えていてねぇ。返済に十年くらいはかかるな」

三笠は温和な空気を纏《まと》ったまま、周良の嫌味をサラリと流す。

こういうのを、暖簾《のれん》に腕押しとか糠《ぬか》に釘《くぎ》というのだろうか。嫌味や皮肉をまともに受け取ってくれないのだから、一人で空回っているようなものだ。

「ビンボーなら、格好つけずに受け取ればいいのに。無償の親切なんて、裏がありそうで気味悪いし。昔っから、タダより高いものはないって言うだろ」

うつむいてそう零した周良は、握り締めた封筒をバッグに突っ込んで唇を嚙んだ。

こんなことを言いたいのではない。我ながら、捻くれた言動だと呆れる。

でも、こんな大人は初めてで……どんな態度を取ればいいのか、わからなくなってしまったのだ。

「うーん、確かに貧乏なのは否定しない。スタッフを雇うにも、なかなかで……そうだ！　周良くんっ」

腕組みをして唸《うな》っていた三笠だったが、唐突になにか思いついたようで、パッと顔を輝かせた。

名前を呼びながら肩に両手を置かれて、眉を顰めた周良は身体を引く。

「な、なんだよ」

「無償の親切が気持ち悪いって言うのなら、権兵衛の治療費代わりに、うちでアルバイトをしない？」

「バイト？」

思いがけない提案に、目をしばたたかせた。

周良は、声にも表情にも戸惑いをたっぷりと滲ませているはずだが、三笠は「うん、それがいい」とうなずいている。

このまま黙っていれば、三笠のペースに流されるばかりだ。そうハッとした周良は、慌てて肩に置かれていた三笠の手を振り払って反論した。

「か、勝手に決めんなよ。だいたい、動物病院でのバイトって、おれ……なんにもできないんだけど」

見ての通り、普通……よりガラのよくない、男子高校生だ。

偉そうに主張できることではないと思うが、「バカだし」と続けて制服の胸を張った。その胸元には、だらしのない結び方をしたモスグリーンのネクタイが揺れている。

「内容を聞きもしないで、できないって決めつけちゃダメだよ。それに、自分でバカだと主張する人のことは、賢明さを主張する人と同じくらい信用しないことにしているんだ。本物のおバカさんは、自覚がないものだろうし」

悪ぶらなくていいのに、と窘められた時と同じ調子でそんなふうに言われて、唇を引き結んだ。

やっぱり、この人……苦手だ。言葉がうまくない周良は、言い返すことができなくなってしまう。

「周良くんに、特殊なことをさせようとは思ってないよ。こことは別に、ペットホテルのスペースもあって……一時預かりをしているんだ。その子たちの夜の散歩を、お願いできないかな？　あと……ご飯をあげたりとか、簡単なお世話の手伝いをしてもらえたら助かる。ただでさえ人手不足で負担をかけてるクリニックのスタッフに残業してもらうことはできないし、複数の犬になると僕だけで散歩させるのはちょっと大変なんだ。大きさが違えば散歩コースも変えなきゃいけない。それに、相性の悪い犬たちを一緒に散歩させられないし」

「……夜って、今くらいの時間？」

チラリと目を向けた壁の時計は、八時を過ぎている。夜の散歩というからには、クリニックの診療時間が終わってからだろう。

「うん。これくらいの時間になるかな。夜の外出をお家の人が心配するなら、僕から説明するけど」

「それはへーキ。どうせ、ふらふら夜遊びするのは珍しくないんだし。おれがどこでなにをしていようと、どうでもいいんじゃないかなぁ。あ、ケーサツの世話にはなるなって言われてるけどさ」

ふん、と鼻を鳴らした周良を、三笠はなにを考えているのか読めない表情でジッと見ている。

すぐさま目を逸らした周良には、その後どんな顔をしていたのか知る術はないけれど。

「今日から早速っていうのは、急すぎるかな」

静かに質問を重ねられて、小さくうなずいた。

「いーよ。どうせ家に帰っても……っ」

やることなんてないし……と続けようとしたところで、腹の虫が盛大な音を鳴り響かせてしまった。

誤魔化しようのない音量で、カッと頬が熱くなるのを感じる。

「まずは、腹ごしらえだね。僕も今から夕飯だから、周良くんが大丈夫ならつき合ってくれる？　あ、お家で夕飯の用意がされてるかな」

「用意なんてされてないよ。……いつもテキトーに食ってるし。晩飯につき合うのも、バイトのうち？」

そんなわけないだろう、と。唇の端をほんの少し吊り上げて口にした。三笠の否定を誘うつもりだったのに、

「うん。そう思ってくれていいよ。っと、制服か。これから準備すると遅くなっちゃし、今日は出前でいいかな。ちょっと待ってて、メニューを持ってくる」

すんなりとうなずいた三笠は、淡々と言って踵を返す。周良は、唖然《あぜん》とした顔をしていたはずなのだが……。

「へ、変な人」

我に返った周良が思わず零したつぶやきを聞いたのは、『権兵衛』と大きなあくびをした猫の二匹だけだった。

またしても、三笠のペースに巻き込まれてしまった周良は、「チッ」と舌打ちをして右手で自分の髪を掻《か》き乱す。

こんなにわけのわからない人、初めてだ。だいたい、三笠から見れば自分など得体の知れない高校生だと思うのだが、あっさり招き入れたりバイトを提案したり……無防備にもほどがある。

「おれが金目のもの持ち逃げするとか、疑ってないのかなぁ」

部屋の隅にあるキャビネットやパソコンを目にして独り言をつぶやいたところで、三笠が戻ってきた。

「すぐに見つかったのは、中華とピザと、蕎麦……あと、カレーだけど。周良くんは、どれがいい？」

手に持っていたメニューを差し出しながらのほほんと尋ねてきた三笠に、ため息をついて歩み寄った。

「おれ、基本的に好き嫌いはないから。スポンサーに合わせる」

「うーん……昼はラーメンだったんだよね。麺類は避けて、カレーか……あ、蕎麦屋さんの天丼でもいいいな。中華丼も捨てがたい」

メニューを見下ろした三笠は、真剣な表情で悩んでいる。

こんなに警戒心がない人間相手だと、もし自分が悪いことを企《たくら》んでいても毒気を抜かれてしまいそうだ。

コッソリとため息をついて権兵衛に目を向けると、バッチリと視線が合った。いつからかはわからないが、こちらを見ていたらしい。

「……心配しなくても、できないって」

動物特有の澄んだ目で見られることに居心地の悪さを感じて、つい、言い訳じみたことを口にしてしまった。

「えっ、なに？　どれがいいって、希望がある？」

「権兵衛との内緒話ですー。おれ、親子丼食いたい。だから、蕎麦屋」

三笠に任せると、いつまでも悩んでいそうだ。

そう思った周良は、蕎麦屋のメニューを指差して思いついたものを伝えた。三笠はほっとしたように微笑して、

「了解しました。じゃあ僕は、天丼にしよう」

と、うなずく。

ようやく晩飯のメニューが決まったようで、何よりだ。

電話電話……と、つぶやきながら踵を返した三笠の背中に、心の中で何度か繰り返した一言が声になって零れ出た。

「やっぱ、変な人……」

《四》

上がってきたエレベーターに乗り込もうとしたところで、中から出てきた母親とバッタリ顔を合わせた。

足を止めた周良に、エレベーターから出てきた母親は「あら」と一声漏らす。

「周良、出かけるの？」

「うん」

「お母さんも、これから出かけちゃうから。晩御飯は」

「あー、テキトーに外で食べておく。ガッコーはちゃんと行くからっ！」

ゲームに熱中していたせいで、いつもより少し遅くなってしまった。

急いた気分でおざなりに母親に答えた周良は、エレベーターに乗り込むなりそそくさと『閉』ボタンを押す。

三笠のクリニックでのアルバイトは、明確に時間を決められているわけではない。でも、十九時過ぎにクリニックを閉めた三笠と夕食をとってから夜の散歩に出るというのが、日課になっていた。

これまでは十九時少し過ぎに訪ねていたのだが、今日はもう十九時半を過ぎている。妙に律儀な三笠は、周良が訪れるまで夕食を食べずに待っているはずだ。

自宅マンションから三笠のペットクリニックまでは、ゆっくり歩いて十五分。走れば、半分ほどの時間で着く距離だ。

「あ……」

息せき切って走り続け、勢いよく裏口のドアを開けたところで、中から出てきた女性と鉢合わせした。

周良の姿に驚いた顔で足を止めた女性は、本人は隠しているつもりかもしれないけれど不審げな表情を浮かべている。

「あの、なにか？」

「おれ、ここでバイトしてるんだけど。ペットホテルの、犬の散歩」

目の前に立ち塞《ふさ》がっている女性は、ヒールのある靴を履いているせいか目線の位置が周良より少しだけ高い。

百六十七センチという身長は、長身とは言い難くてもそれほど小柄な部類ではないと思っていた。

でも、こんなふうに女性に見下ろされるのは愉快な気分ではない。くだらないプライドだと、自分でもわかっているけれど。

ふてぶてしい態度で答えた周良に、女性は眉間の強張《こわば》りを解いた。

「ああ……先生から聞いています。どうぞ」

うなずくと、戸口を塞いでいた身体をずらして、周良に建物内に入る『許可』を下す。

自分が、外見的に決して『真面目《まじめ》な高校生』ではないと自覚している周良は、かすかに唇の端を吊り上げて、

「どーも」

と、小さく頭を上下させた。

皮肉を滲ませた微笑は、可愛げがない雰囲気にますます拍車をかけていただろう。ピクッと眉を震わせた女性を振り返ることなく、大股で室内に入る。

心の中で、あんたのところの『センセー』がバイトしろって言い出したんだよ、とつぶやく。

自分から押しかけているわけではないのだから、不審げな態度を取られるのは心外だ。でも、まぁ……彼女のような反応が、自分みたいな高校生に対する大多数の大人のものだ。三笠が例外なのだと、わかっている。

これまでは、クリニックのスタッフを意図して避けなくても、周良が訪ねる頃には退出していたらしく、顔を合わせたことはなかったのに……。

今日は、診療の終わりがずれ込んだのだろうか。

「コンバンハ」

スタッフルームにもなっているソファが置かれた部屋のドアを開けると、三笠は白衣から袖を抜いているところだった。

やはり、診察室の片づけがいつもより遅くなったようだ。

三笠は、周良を振り向いて笑いかけてくる。

「あ、いらっしゃいチカくん。終わりごろに急患が来て、バタバタしてたんだ。ちょっとだけ待っててね」

「……その呼び方、やめろって言ってんのに」

音だけ聞けば、女の子の名前みたいだ。

子供の頃は、母親からその愛称で呼ばれていたけれど、この歳になってまでそんなカワイらしい呼び方をされるのは気持ち悪い。

不機嫌な顔で何度も苦情をぶつけているのに、三笠はいつもと同じ答えを返してくる。

「可愛いのに。チカくんも、ミカさんって呼んでいいって言ってるでしょう?」

「……絶対、呼ばねー」

愛称で呼び合うなんて、ものすごく親しげではないだろうか。それも、ミカさんだと?

顔を顰めて、わざと可愛げなく言い返した周良に、三笠は無言で笑みを深くした。

こうして『治療費代わりのアルバイト』に日参するようになって、一週間。かなり馴染《なじ》んだと思うが、やはり三笠は周良にとって謎の人だ。周良がどんなに突っかかっても、毎回サラリと流されてしまう。

あの夜、権兵衛に危害を加えたのではないかと、厳しい口調で詰問してきた人間と同一人物とは思えないほどだ。

「お腹すいたねぇ。今日は晩御飯、なににしようか？」

脱いだ白衣の代わりに薄手のジャケットを手に取りながら、そう尋ねられた。

毎回、飽きもせずこうして周良の意見を求めてくる三笠に、周良が返す言葉も決まっている。

「なんでもいいって。三笠センセーに合わせる」

「先生なんてつけなくていいのに。他人行儀だな」

「他人ですから」

短く口にすると、腕組みをして顔を背ける。

視界の端に映る三笠は「まだ警戒を解いてくれないのかぁ」とつぶやいて、しょんぼり肩を落とした。

「警戒って、野良犬みたいに言うなよ」

三笠にとって周良は、懐かない動物のようなものなのでは。言葉の端々や態度にそう感じることも、つい反発してしまう要因の一つだ。

いいイメージではない『野良犬』という単語を口にした周良をよそに、三笠は微笑を浮かべて首を捻る。

「野生の動物か。確かに、少しだけそんな雰囲気かもしれないね。変に媚びようとしない、孤高の気高さを全身に纏っていて……。うん、ロシアンブルーの気質にも似ているかな。知ってる？　ロシアンブルー。すごく綺麗《きれい》な猫だよ」

「……知らない」

孤高の気高さなどと言われたら、野生の動物扱いかよ、と怒ることができない。やっぱり、この人は苦手だ。

「猫……か。今夜は魚にしよう。周良くんは、お寿司は好き？　スタッフに教えてもらったんだけど、駅の向こう側に美味《おい》しいお寿司屋さんがあるよね。行ったことある？」

「店は知ってるけど、入ったことはない」

半年ほど前に新しくできた寿司店は、週末だと行列ができる人気店なので存在自体は知っている。

ただ、母親と二人で外食をすることはないし、高校生の自分が一人で入るような店構えではない。

「じゃあ、決まりだ。そこにしよう」

上着に袖を通した三笠は、周良の背中に手を当ててさり気なくエスコートをする。

馴れ馴れしいという表現の一歩手前、こうして相手を不快にさせない程度のスキンシップは、きっと女性をエスコートするのに慣れているのだろうなと想像がつく。

周良より十センチ余り長身で、知的な印象の整った容貌をしていて……口調や雰囲気も含めて、人当たりがいい。

本人は多額のローンを抱えていると言うけれど、ペットホテルに一時預かりをしている犬や猫の数からしても、このクリニックの評判はかなりよさそうだ。下衆《げす》の勘繰りだが、そこそこの収入があるに違いない。

このタイプの男が、モテないわけないか。

そう考えたと同時に、かすかな不快感が湧いてくる。

この……もやもやとした感情は、なんだろう。

年齢的に、同じ土俵に乗る相手ではない。張り合っても仕方がないということは重々承知だが、同性としてやっかむ気持ちがあるのだろうか。

だとしたら……無様だな、と唇を噛む。

幸いなのは、周良の半歩先を歩いている三笠には、顔を見られなかったことだ。

夜の住宅街は、昼間の街とは違う空気を漂わせている。

九時そこそこなのに就寝しているのか、真っ暗な家があったり……かと思えば、テレビの音が漏れ聞こえてくる家があったり、風呂場らしき小窓から鼻歌が聞こえてきたり。

ただ、外を歩く人の数は少なくて、静かな路上には三笠と周良が連れている犬の足音がやけに大きく響いている。

「ココア、この三日ですっかりチカくんに懐いたね」

「……そうかなぁ」

周良が手に持っているリードの先にいるのは、ゴールデンレトリバーという種類の大型犬だ。ゴールデンという名前通りに、金色の綺麗な長い毛をしている。

動物に馴染みのない周良は、いきなり大型犬を任されるのに驚き、怯《ひる》んだ顔になったに違いない。

けれど三笠は、気性が穏やかで無闇に引っ張ることがないから大丈夫、と言い切って笑ったのだ。初めは半信半疑だった周良だが、今ではココアの性格が優しいものだとわかっている。

ココアのペットホテルでの預かり期間は、飼い主が旅行に出ている五日間らしい。周良がこうして散歩をさせるのは今日で三日目だが、懐いたといわれる状態なのかどうか……わからない。

「ほら、歩きながらチラチラと振り向いているでしょ？　ちゃんとチカくんがいるかどうか、確認しているんだよ。リードを手にしたチカくんを見た瞬間、目を輝かせていたし。チカくんが格好いい男の子だから、っていうのもあるかもしれないけど。ココアは年頃の女の子だからね」

大きな尻尾《しっぽ》を左右に振りながら歩いているココアを左手で指差した三笠は、右手に小型犬のリードを三つ持っている。

思い思いの方向に歩こうとする三匹の犬を、さり気なくコントロールするのは、確かにココアしか連れていない周良より大変そうだ。

「おれの顔は関係ないと思うけど。……犬って、そんなに散歩が好きなのかなぁ」

大型犬用のケージにいたココアは、三笠が言うように周良と目があった瞬間、全身で喜びを表現したのだ。ガシャガシャとケージに身体をぶつけるので、怪我をしないかと冷や冷やしてしまった。

「大抵の子は散歩が大好きだね。たまーに、えー、散歩？　面倒だなぁ……って顔をする子もいるけど。あれはきっと、犬のほうが飼い主さんの散歩につき合ってあげている感覚なんだろうなぁ」

「犬の考えてることなんて、わかんないよ」

三笠はたまに、犬や猫の言葉がわかるような言い回しをする。周良には、唸っていたら怒っているんだろうな……ということと、散歩前のココアのようにわかりやすく喜んでいれば嬉しそうだということくらいしか、わからない。

「彼らにも、きちんと表情があるんだよ」

「ふーん……」

どうでもいいけど、と鼻を鳴らした時、ジーンズのポケットに入れてある携帯電話が震えて着信を知らせた。

右手にココアのリードを持ったまま、左手でポケットを探って電話を取り出す。耳に押し当てた瞬間、大音量の音楽が流れ出してきて眉を顰めた。五センチほど耳から離しても、けたたましさを感じるほどだ。

『チカラぁ、暇？　今、サヤカやショウタと一緒にクラブにいるんだけどさぁ、おまえも出てこいよ』

音楽に負けない大きさの声で周良を呼んだのは、夜遊び仲間の一人だった。鼻ピアスを思い浮かべながら、言葉を返す。

「ユージか。あー……今日は面倒だから、やめとく」

今から出て来いと誘う言葉に、素っ気なく返す。

電話の向こうでは、『このところ、つき合いが悪いぞ』とかなんとか文句を言っていたけれど、無言で通話を切ってジーンズのポケットに戻した。

「ウルセーな」

思わず小さく零した周良は、歩みを止めたココアがじっとこちらを見ていることに気づいた。

まるで、周良が電話を終えるのを立ち止まって待っていたみたいだ。

つい、

「ごめん」

と謝ってしまい、そんな自分に驚く。

人間の言葉を理解しているとは思えない動物に話しかけるなんて、三笠のクセが移ってしまったのだろうか。

自分らしからぬ行動に眉を顰めて歩みを再開させたところで、

「お友達の誘い、断ってよかったのかな？　散歩、毎日じゃなくてもいいよ」

隣を歩く三笠にそう話しかけられた。ふわふわ揺れるココアの尻尾を見ながら、ボソボソと言い返す。

「オトモダチってほどのつき合いじゃない。あいつの……権兵衛の治療費代わりなんだから、テキトーなことはしねーよ。それに、三笠さんと一緒だと、美味《うま》い飯を食わせてもらえるしさ……」

しゃべっているうちに、まるで自分はこうして夜の散歩や三笠との夕食を望んでいるみたいではないか……そのために夜遊びを断る言い訳をしているみたいだと頭を過り、声のトーンを落とした。

好きこのんで、こうしているわけではないのだ。

確かに、ファストフードやコンビニお握りの夕食に比べたら、格段に豪勢なものを食べさせてもらってはいるが。

たかるつもりはないのだけれど、三笠は「たっぷりとローンを抱えてるのは本当のことだけど、周良くんにご飯をご馳走できないほど甲斐性なしじゃないよ」と言って、一円も払わせてくれないのだ。

「それならいいけど。あ、帰ったらデザートがあるよ。薬品メーカーの人が、差し入れにたくさんケーキを持ってきてくれたんだ。生ものだから、今日中に食べないといけないから。チカくん、甘いもの好き？」

「……嫌いじゃない。捨てるくらいなら食う」

本当は、すごく好きだ。でも、男のくせにスイーツ好きというのは、なんだか格好悪いような気がする。

無用の格好つけだとわかっているけれど、捻くれた言い方で答えた周良に、三笠は「よかった」と笑みを含んだ声で返してきた。

「じゃ、少し急ぎ足で帰ろう」

歩幅を広くした三笠につられてか、犬たちも小走りになる。ココアにグイッと引っ張られた周良は、静かな夜道を大股で歩き出した。

周良と三笠の靴音、そして犬たちの爪がアスファルトを蹴る小さな音が路上に響く。

深夜でも人通りの絶えない、慣れ親しんだ繁華街とは流れる空気自体が違っていて……別の世界に来てしまったような、不思議な心地だった。

□　□　□

周良の腰くらいの高さの診察台には、白い犬がうずくまっている。もともと大人しい気性なのか、自分に危害を与える人物ではないとわかっているのか、暴れることなく身を任せていた。

「権兵衛は、いい子だなぁ。でも、怖いのを我慢しているんだろうね。身体が震えてる」

診察台を挟んだ向かい側に立っている周良は、権兵衛に話しかけながら包帯を解いていく三笠の手元を、時折視線を外しながら見守った。

自分が怪我をするのはなんとも思わないが、他人や動物の怪我を見るのは苦手だ。

チラリと視界に入った権兵衛の後ろ脚は、傷の周囲の毛が刈られていて、見るからに痛々しい。

「ん……傷口が化膿してる様子はないし、順調だね」

真剣な顔で傷口を検分していた三笠は、そううなずいて新しい包帯を巻き直した。眼鏡を外し、周良に笑いかけてくる。

「そろそろ室内を歩いて、リハビリを始めてもいいかな」

「……だってさ。よかったな権兵衛」

ふっと息をつき、犬に向かってつぶやいた。すっかり権兵衛という呼び名が定着してしまった。

それにしても、あれから十日ほどでここまで回復するとは……やはり、動物の治癒能力は優れているということだろうか。

「じゃあ、権兵衛についてはこれで終わり。次は、周良くんだね」

権兵衛の頭を撫で回した三笠は、静かな口調でそう言いながらチラッと周良の顔に視線を向けてきた。

これまで、なにも言わなかったくせに……。

「おれが、なに？」

言葉を切ると、唇を引き結んで顔を横に向ける。

唇の端が切れているのは、一目瞭然《いちもくりょうぜん》だろう。昨日の夜は、なかったものだ。隠しようなどないが、全身でおれに構うなと突っぱねる。

周良の、そんな無言の主張は通じていないわけがないのに、三笠はふと息をついて言葉を続けた。

「消毒くらい、させてくれるよね？　今日の晩御飯は、デリバリーでいいかな。んー……この前チラシが入っていた、オムライスにしよう。種類がいっぱいあって、スタッフがお昼に食べていたけど美味しそうだったよ」

きっと、傷に沁みないものを……と考えて、オムライスを選んだのだろう。いつもなら優柔不断なのかとイライラするほど迷い、周良に選択を委《ゆだ》ねるくせに……そんなふうに即決した上に、イラナイと突っぱねられない空気を漂わせている。

「注文をしておいて、待っているあいだに手当てしようか。権兵衛をケージに戻して……チラシ、持ってくるね。そこに座ってて」

事務机のところにあるイスを指差した三笠は、周良の返事を待つことなく診察台から権兵衛を抱き上げた。周良が反論する隙を与えないとばかりに素早く背中を向けて、診察室を出て行ってしまう。

ポツンと残された周良は、のろのろと足を運んでイスに腰を下ろした。

手持ち無沙汰だ。

ため息をついて視線を落とした机の上には、三笠が仕事中いつもかけているフレームレスの眼鏡と、書きかけの書類が置かれていた。

「……んだよ、そ知らぬ顔をしていたクセに」

今日は土曜日ということで、久し振りに遊び慣れた街に出かけたのだ。遊びたかったというよりも、夜の散歩まですることがなくて、昼間の時間を持て余していたからというのが一番の理由なのだが……ケンカに巻き込まれるくらいなら、声をかけてきたトモダチと合流しなければよかった。

顔を合わせた時点で、三笠がケンカ傷に気づいていなかったわけがない。

なのに、すぐに指摘することなく周良を油断させておいて、不意打ちで「手当て」を言い出す。

そうして変にタイミングを外されたせいで、拒絶することができなかった。

三笠に言われるまま、大人しくこうしてイスに腰かけている自分も、やっぱりどうかしている。

帰ってしまおうか、とイスから腰を浮かしかけたところで、三笠の足音が近づいてきた。

「お待たせ。好きなの選んで」

「あのさ、おれ」

「オムライス、嫌いじゃないよね？」

イラナイから、今日は帰る……と言いかけた言葉を遮ってそう微笑《ほほえ》まれて、グッと唇を引き結んだ。

カラー写真が並ぶチラシを差し出されて、おずおずと受け取ってしまった。

「……これ」

ろくに見ることなく、一番目立つ位置にある人気ナンバーワンと記されたものを投げやりに指差すと、三笠は大きくうなずいて事務机の隅にある電話の子機を手にした。

素早くデリバリーの依頼を終え、周良を振り返る。

「ここじゃ落ち着かないね。奥に行こうか」

手に消毒剤らしきものをスプレーしながら、休憩室に移動しようと視線で促される。表情はいつもと同じ柔和なものなのに、声の調子が周良に有無を言わせない。

不貞腐れた顔をしながらも従ってしまうのは……認めるのは悔しいけれど、迫力負けしているということだろう。

すっかり馴染みとなった、ソファの置かれた休憩室に入った周良は、うつむき加減で三笠に話しかける。

「のんびりしてたら、ダメなんじゃないの？　散歩の時間、遅くなる」

「今日は、夕方に預かりの子のお迎えが来たから散歩はナシなんだ。泊まりは猫が二匹だけだから」

ボソボソと口にした周良に、三笠は予想外の言葉を返してきた。

泊まりで預かっているのは猫だけ……それなら、周良は用無しというやつなのでは。

「えっ、じゃあおれ、帰っても」

三笠の言葉に、目を瞠って顔を上げた周良は、自分がここにいる理由がないだろうと一歩足を踏み出した。

その直後、三笠がおっとりとさり気なく、周良の進路を塞ぐ。

「ダメ。晩御飯、注文しちゃったんだから食べて帰って。それに、一人きりのご飯は淋しいからつき合ってもらうよ。その前に、消毒」

反感を覚える強引さの、一歩手前……という絶妙な仕草で二の腕を掴まれる。ソファに誘導されて、トンと肩を押された。

渋々とソファに座った周良の隣に三笠も腰かけて、テーブルの下から救急キットの箱を取り出す。

「はい、顔をこっちに向けて。沁みない薬を選ぶつもりだけど、痛かったらごめんね」

「……ッ」

顔を上げるなり冷たいガーゼを唇の端に押しつけられて、ピクッと眉を震わせた。

目が合わないように逸らしていても、ジッと自分の顔を見ている三笠の視線を感じる。距離が近いので、居心地が悪い。

「口元だから、絆創膏《ばんそうこう》を貼ったら邪魔かな。軟膏を塗っておくね。口に入って、飲み込んじゃっても大丈夫なものだから」

指の腹でそっと軟膏を塗りつけられて、身体を硬くした。

さほど痛かったわけではない。ただ……やんわりと触れてくる三笠の触り方が、くすぐったかっただけだ。

普段こんなふうに、他人に触れさせることなどまずないし、以前に手当てされたときよりさらに気まずい。どんな顔をしたらいいのか全然わからない。

まるで、ついさっき診察台の上で全身を硬くして三笠の手に身を任せていた権兵衛のようだ……と頭を過った直後、三笠がクスリと笑う気配を感じた。

チラリと視線を向けると、目が合ってしまう。すぐさま視線を外した周良に、三笠は笑みを深くしたようだ。

「本当に、プライドが高い野生動物みたいだ。なかなか、警戒を解いてくれないね。僕って、怖いかなぁ」

笑いを含んだ声でそんなふうに言われて、ますます眉を顰めた。今度は、明後日のほうへ顔ごと背ける。

「人を、ドーブツ呼ばわりするなよ。別に、怖くなんかないし。……変な大人だとは、思うけど」

「変？」

聞き返してきた三笠は、変だなどと言われたのに妙に楽しそうな雰囲気だ。

周良は、三笠のペースに巻き込まれて会話を続けているという自覚なくボソボソと言葉を続けた。

「変だよっ。ケンカするなって、説教しないのか？」

あからさまなケンカ傷を目《ま》の当たりにして、手当てまでしてくれて……でも、ケンカをするなと諭すことはない。

大人ぶって説教をしてくるようなら、こちらも遠慮なく「構うなよ」と反発するのに。母親の彼氏……早川のように、『理解のある大人です』という顔をされれば、ガキに媚びてみっともないと嘲笑してやるのに。

こんなふうに微妙に外されてばかりだと、どんな態度を取ればいいのかわからなくて戸惑うばかりだ。

三笠みたいな大人は、初めてだ。

「説教……するつもりはないな。チカくんは、動物の牙とか花の棘はなんのためにあると思う？」

唐突な質問だ。訝しく思いながらも、ポツリポツリと答える。

「なんのためって、動物は狩りをするためっていうのもあるだろうし、ケンカするにも必要だろうし」

「うん。花とかの植物は、自衛のためだ。毒を持っている虫もね。好んで攻撃しようと思っているわけじゃない。害獣とか害虫とか、人間の都合で勝手に害のあるものって決めつけられるのは可愛そうだね」

なにが言いたいのだろう。周良が、自衛のためにケンカをしているのだろうと示唆しているのか？

もしそうなら、『いい子』を押しつけられているみたいで気分がよくない。周良にしてみれば、なにも考えずに降りかかる火の粉を払っているだけだ。

ジワリと湧いた不快感を口に出そうとしたところで、

「あっ、一つだけ言わせてもらっていい？」

ふと三笠が声のトーンを変えた。これまでより真剣味を帯びた声で、なにを言い出すかと思えば……。

「綺麗な顔に傷をつけたりしたら、もったいないよ。痛いだろうし」

「き、綺麗とか、男に不気味なこと言ってんなよっ！　それを言うなら、おれよりあんたのほうが……っっ、なんでもないっ」

勢い任せに、妙なことを言い返しそうになってしまった。

おれより、あんたのほうがキレーな顔をしている……なんて。

男が二人で、綺麗だそっちのほうが云々《うんぬん》という会話は、変というよりも気味が悪い。

もう、下手に口を開かないほうがよさそうだ……と奥歯を噛み締める。

どうして、三笠はなにも言わない？　顔を背けているので、どんな表情をしているのか……なにをしているのかもわからない。

息苦しさを感じかけた頃、インターホンの鳴る音が聞こえてきた。

「あ、晩御飯が来た」

「おれっ、お茶淹《い》れる」

三笠が口にしたのとほぼ同時に、周良はそう言いながらソファから立ち上がった。

なんとも居心地が悪かったのだ。この場から動く口実ができてよかった。

受け取って来るね、と言い残して財布を手にした三笠が部屋を出て行くと、ようやく強張っていた肩から力が抜ける。

ポットの前に立った周良は、マグカップに伸ばした指先がかすかに震えていることに気づいて、何度か握ったり開いたりと繰り返す。

身体に、変に力が入っていたせいだろうか。

あの、のほほんとした変な大人の前で、緊張なんてする必要がないのに……自分はどうしてしまったのだろう。

「……っ、ぃて。なんなんだよ、ホントに。ワケ、わかんねー……」

思わず唇を噛んでしまい、ピリッと走った痛みに眉根を寄せる。唇の端に、三笠の指の感触が残っているみたいだった。

それは決して不快なものではなく、ただひたすら……周良を落ち着かない心地にさせた。

《五》

そっとドアを開けたのに、ケージにいる権兵衛は顔を上げてこちらを見ていた。

室内に顔を覗かせた周良と目が合った瞬間、待ちきれない様子で立ち上がって「ワン」と一声吠える。

「バカ、変に動くなよ。まだ痛いんだろ」

脚の怪我以外に問題がないことと、感染症の恐れがある患蓄が入院するかもしれないから……という理由で、権兵衛は二日前からペットホテル用のケージが並ぶ小部屋に移動している。

長くて数日、短いと一日しか接することがないので、どうしてもよそよそしさのある一時預かりの犬や猫と違って、すっかり周良に馴染んでいる。

散歩から戻った小型犬をケージに入れておいて、一番下の段にいる権兵衛のケージを開けた。

「引きずりながらだけど、ちょっとずつ歩けるようになったなぁ」

狭いケージから出られたことが嬉しいのか、権兵衛は危なっかしい足取りながら室内をうろうろと歩いている。

しゃがみ込んで権兵衛の動きを目で追っていた周良は、自然と話しかけている自分に気づいて唇を引き結んだ。

三笠のクセが、完全に移ってしまったらしい。権兵衛は、周良の言葉がわかっているみたいにこちらをジッと見て……尻尾を振っている。

書類を書きかけだったという三笠は、診察室だ。小声だと、あそこまで聞こえないだろうと再び口を開いた。

「おまえ、治ったらどうするのかな。野良じゃなさそうでも、首輪とかなかったから、飼い主がいるのかどうかもわかんないし……夜中に、一匹でうろうろしてたなんて」

捨てられてしまったのでは、という言葉は喉の奥に押し戻した。

どうせ、人間の言葉など理解できないと高を括《くく》っていても、当の権兵衛に向かって言うのは躊躇われたのだ。

なんとなく苦いものを抱えている周良をよそに、ひょこひょこと近づいてきた権兵衛は頭をすり寄せてくる。

「な、なんだよ。撫でろって?」

図々しいな……と、ぶつぶつ文句を零しながらそろりと手を伸ばす。権兵衛の頭に置いた手のひらからは、少し硬い毛の感触とぬくもりが伝わってきた。たどたどしく頭を撫でる周良に、権兵衛は心地よさそうに目を細めている。

犬なんて、好きでも嫌いでもなかった。でも、こうして友好的とも言える態度で近づいてこられると、突き離すことができない。

頭から手を離すと、権兵衛は更に身体を寄せてくる。

「なに？　もっと？」

周良を見上げている権兵衛は、危害を加えられるのではないかなど微塵《みじん》も疑っていない、キラキラとした目をしていた。

やはり、どこかで飼われていて……それも、可愛がられていたに違いない。首輪もつけず、一匹で街をうろついていたのには理由があるのだろうか。

「轢き逃げされたくせに、人間をまだ信じてるのか？　バカだなぁ。バカだけど……ちょっと羨《うらや》ましいかも」

人の言葉の裏を読んだり、疑ったりすることのない動物は、捻くれた周良から見れば少しバカで……その素直さが羨ましい。

ペットホテルで預かって周良が散歩させている犬たちにも言えることだが、自分が愛されて当然だといわんばかりの無防備さで、真っ直《ま》《す》ぐな目をしている。

どの犬も猫も実際に飼い主に可愛がられているのだろうし、三笠も動物たちには分け隔てのない態度で接している。

「テストもないし、気ままに食って寝て……気楽だな」

苦笑を滲ませた周良は、八つ当たりだとわかっていながら権兵衛の耳を摘《つま》む。すると、頭を振って逃げられてしまった。

「はは、悪《わり》ぃ」

嫌そうというか、迷惑そうな顔だ。

三笠が、動物にも表情がある……と言った時は「そんなわけあるか」と思ったが、今だと少しわかる。

時々、思うのは。

「犬になりたいかも」

「犬、羨ましい？　チカくんも、犬になってみる？」

周良は独り言のつもりだったのに、答える声が耳に流れ込んできて驚いた。その言葉と同時に頭になにかが触れてきて、慌てて手を上げる。

「なっっ！」

指に当たったのは、毛の感触……だろうか。手に取って見ると、茶色のふわふわした毛に覆われている、犬の耳を模した髪飾りだった。

床にしゃがみ込んだまま両手で髪飾りを握った周良は、斜め後ろに立っている三笠を見上げて苦情をぶつける。

「なんだよ、これ」

「カチューシャ。チカくんは、コッチのほうが似合うかなぁ。黒猫バージョン」

どこに隠し持っていたのか、微笑を滲ませてそう言った三笠の手により今度は『黒猫バージョン』らしきものを装着される。

「うん、カワイイなぁ。似合う似合う。製薬会社の人からもらったんだけど、意外な使い道を発見しちゃったな」

満面の笑みを浮かべた三笠は、のほほんとした声でそんなことを言いながらパチパチと両手を叩いた。

「に、似合っても嬉しくないっっ。なにすんだよっ！」

唖然としている場合ではない。そう我に返った周良は、持っていた犬耳のものを投げ捨て自分の頭に手をやった。

頭にある違和感の源を外そうとしたところで、手首を摑んで制止される。

「せっかく似合ってるのに、そんなに急いで外さなくてもいいでしょう？」

「外すよっ」

「じゃあ、言い方を変えよう。それも、バイトに含めてしまおう。って言えば、逆らえないよねぇ？　カワイイから、ここにいる時はそれを着けていて」

「……冗談、だよな？」

いくら三笠が変人でも、男子高校生の頭に動物の耳を模した髪飾りを着けさせて喜ぶなんて、ふざけているとしか思えない。

唇の端を引き攣《つ》らせて、冗談だろうと口にした周良に、三笠は大真面目な顔で首を横に振った。

「冗談のつもりはないけど。僕は常に大真面目です」

「……っ」

本気なら、尚更たちが悪い。

そう言い返そうとした周良だったが、のん気としか言いようのない三笠の顔を見ていると激しく突っかかることができなくなってしまう。周良が睨みつけても、微笑を浮かべるばかりなのだ。

「はぁ……三笠さんみたいな人を、酔狂っていうんだ」

大きく息をついて、がっくりと肩を落とした。周良が口にしたのは失礼な言葉だったと思うのだが、

「あ、それ何故《なぜ》かよく言われるんだよねぇ。あと、モノ好きとか……マイペースとか？　僕は自分が思うまま、心に正直に生きているだけなんだけど」

三笠はそう口にして、柔和な表情を崩さない。

いつも、この調子だ。

どう表現すればいいのか……毒気を抜かれるとか、拍子抜けするとでも言えばいいのか、三笠に対してはむやみやたらと反発することができなくなる。結果、アチラの思惑通りになってしまうのだ。

黙り込んだ周良に、三笠は本人も自覚しているらしいマイペースさで言葉を続ける。

「子供の頃からの夢だったんだよね。チーターとか豹とか、大きくて綺麗な猛獣を思う存分に触って撫でて可愛がる……って。さすがに実際の猛獣は、こんなふうに触らせてくれないからなぁ」

当然のように手を伸ばしてきた三笠は、指先で周良の髪をそっと撫でる。唇を引き結んだ周良は、先ほどの権兵衛と同じように首を振って三笠の手から逃れた。

「猛獣呼ばわりかよ」

反発するポイントがズレているという自覚はあるが、他にどう言えばいいのかわからなくてそう苦情をぶつける。

不貞腐れた顔をしているだろう周良に、三笠はほんの少し首を傾《かし》げた。

「あれ、嫌？　チーターも豹も、すごく綺麗だよね。チーターや豹が嫌なら、ニャンコのほうがいい？　チカ猫、って可愛いな」

クスリと笑ってふざけた台詞《せりふ》を口にした三笠は……意図的に周良の神経を逆撫でしているわけではない……よな？

端整な顔をジッと見ていても、真意を読み取ることはできない。

「ッ……チーターとか豹のが、マシだ」

言うに事欠いて、ニャンコ……だと？　チカという愛称がいつの間にやら定着してしまったただけでも気に食わないのに、冗談ではない。

思い切り嫌な顔をしてみせた周良に、三笠はクスクスと楽しそうに笑った。

またしても、この男のペースに巻き込まれてしまった。もう、反論は諦《あきら》めたほうがよさそうだ。

のらりくらりと躱《かわ》された挙句、あちらの思うがままになる。

「じゃあ、チカくんにおやつをあげよう。時間はまだ大丈夫？」

「家を出る時にすれ違ったけど、どーせ母親は彼氏を連れ込んでる。こんな時間に家に帰ったら邪魔になるだけだから、コンビニかファミレスか……ネカフェで適当に時間を潰そうと思ってたし、全然ヘーキ」

露悪的な言い方で、母親と彼氏の邪魔をできないと口にする。

さて、三笠はどんな反応をするのだろう。

眉を顰めるか、同情を滲ませるか……。

しゃがみ込んだままで、チラリと視線を上げて三笠の顔を確かめる。こちらに伸ばされる手のひらが、周良の視界を覆い……目を閉じて首を竦ませたところで、ポンポンと軽く頭を叩かれた。

「……そっか。コンビニやファミレスや、ネカフェにどうしても行かなきゃいけない用がないなら、ここにいる？　権兵衛も、泊まりの子たちも喜ぶ。ミントは、チカくんが大好きみたいだし」

ミントとは、さっき散歩に連れて行ったペットホテルでの預かりの犬だ。ポメなんとかという犬種で、薄茶色の毛玉のようなほわほわとした毛に覆われている。

自分の名前を呼ばれたからか、タイミングよく「キャン」と甲高《かんだか》い声で吠えて、まるで返事をしたみたいだった。

犬を好きなわけではない周良も、ミントや権兵衛みたいに懐かれればそれなりに可愛いと思わなくもない。

「猫科の好物からは、外れているかもしれないけど……チカ猫くんのおやつ、シュークリームでいい？」

黒猫の髪飾りを頭に着けられたままだからか、猫呼ばわりだ。

ムッと眉を寄せたけれど、シュークリームは嫌いではない。

「………」

無言でうなずいた周良の頭に、再びポンポンと手が置かれる。

三笠がどんな顔をしているのか、確かめそびれてしまった。けれど、普段と変わらない声で……きっと、温和な笑みを浮かべていたに違いない。

究極のマイペース人間を、試そうとした自分がバカみたいだ。

□□□

玄関先で靴を履いていると、外から扉が開かれた。顔を上げた周良の目に、見慣れたパンプスが映る。

母親が帰宅する時間には少し早いと思うが、この後に外で早川と待ち合わせしているのかもしれない。

本人は、自分の都合で閉店時間を早められるのは自営業者の利点だと言うけれど、相変わらず我儘《わがまま》な経営だ。

「あー……オカエリ。ちょっと出てくる」

目を合わせることなくそれだけ口にして、入れ違いに廊下に出ようとした周良を、珍しく母親が呼び止めてくる。

「ちょっと待って、周良。どこに行くの？」

「……どこでもいいだろ」

普段は無関心な顔で完全放任主義のくせに、今日に限って行き先を尋ねてくるのはどうしてだろう。

ボソッと答えた周良は、怪訝な顔をしていたに違いない。短く言い残して廊下に出ようとしたのだが、母親は更に食い下がってくる。

「待ちなさいって。話の途中でしょう」

「なんだよ」

腕を摑まれて、さすがに足を止めた。不快な気分は顔に出ているとは思うが、離せと振り払いはしない。

周良の隣に立つ母親は、ヒールの高い靴を履いているので自分より少しだけ目線の位置が高い。

早く言え、と目で急かした周良をジロリと見下ろしてくる。

「お店のお客さんから、聞いたんだけど……あんた、夜中に犬を連れてうろうろしてるって、本当？」

「……だったら、なに」

カフェの一角にアジアン雑貨を置いている母親の店は、昼間は近隣のオバサマの溜まり場になっているらしい。

良くも悪くも、近所の噂が出回るのも早い。

三笠と犬をつれて散歩をするのは夜遅くなってからだが、この付近に住んでいる人に見られてもおかしくはないか。

「なにって、どこの犬よ。変なことしてないでしょうね」

「……バイト。犬の散歩。繁華街で夜遊びするよりは、健全だろ。だいたい、変なことってなんだよ」

詳しく説明するのが面倒で、当たり障りのないことだけを言い返す。用は済んだとばかりに玄関を出ようとした周良の腕を、母親は離してくれない。

「これから、そのバイトに行くんだ。遅くなるから離せよ」

「あんたと一緒に犬をつれている男の人、少し前に新しくなったペットクリニックの若院長さんですって？」

周良が一人で犬を散歩させているのではなく、三笠と一緒だということを思わせぶりに口にした。

事前に情報を仕入れていたくせに、こんなふうに小出しにして周良の反応を窺う母親に眉を顰める。

「それが？」

わざわざ回りくどいことをする母親の真意がわからなくて、気味が悪い。刺々しく言い返した周良に、母親はため息をついて言葉を続けた。

「診てもらった人が言うには、若いのに腕はいいらしいけど……ちょっと変な噂があるから。あの歳であんなに設備の整ったクリニックを経営できるのは、資金援助を受けているからだ……とか。私は本人を知らないんだけど、そんな噂に信憑性《しんぴょうせい》のあるような男前だっていうじゃないの。あんたも、一緒になって変なことしてないでしょうね」

「は……あ？」

周良は、なにを言われたのか意味を捉えかねて、間抜けな一言を零した。

頭の中で母親の言葉を復唱して自分の中で消化を図り、理解するに従ってじわじわと眉間の皺を深くする。

つまり、三笠が若くして最新の機械を備えたペットクリニックを経営できているのは、パトロン――この場合はパトロネスか――の存在があるからだろう、と？

しかも、自分も一緒になってホストというか援助交際まがいの妙なことに手を染めていないのかと、邪推されているのだろうか。

思いもよらない言葉に、首から上にカーッと血が上るのを感じた。

胸の内側に渦巻いている熱くて重苦しい奇妙な靄《もや》は、三笠がそんな目で近所から見られていると思いがけないところから聞かされたことが原因か、母親に援助交際のようなことをする人間ではないかと疑われた憤りが原因か。

周良には、わからない。

「……人のこと、言えるのかよ」

ボソッと吐き出したのは、母親に対する皮肉でしかなかった。

母親の経営しているアジアン雑貨を並べたカフェは、五年前の開店時だけでなく……現在も早川からの資金援助を得ているはずだ。そうでなければ、続けられない経営状態だろうと高校生の周良でも想像がつく。

店に置く雑貨の買い付けと称して、約半年に一度の割合でインドやらベトナムやらバリ島やらへ出かけているのも、仕入れを名目に早川と旅行を楽しんでいるのだ。

周良と二人で暮らしているこのマンションも、母親の収入に鑑みれば明らかに分不相応なのだから、きっと生活援助も受けている。

口さがない近所の人が、母親を指して『妾』とか『愛人』とか下世話な陰口を叩いていることも知っていて……今では聞き流すこともできるけれど、小学校高学年の頃はそれなりに傷ついていたのだ。

母親自身の耳にも入っていたはずだが、本人はそ知らぬ顔をして否定も肯定もしない。息子の周良が嫌な思いをしていたと……わかっているかどうかは、直接話し合ったことなどないので不明だ。

早川の存在に気づいて、五年余り。早川の存在や母親との関係は、そこそこ上手く受け流してきたつもりだ。

愉快な気分ではないが、彼のおかげで自分の生活が成り立っていることもわかっていて……でも今は、自分を棚に上げておいて三笠を非難するような言い様に、ムカムカと嫌な感情が湧いてくる。

これまで、薄々感じていながら母親自身にぶつけたことのなかったものを、勢いで零してしまった。

周良は顔を背けていたので、母親がどんな表情をしたのか確認することはできなかった。ただ、腕を摑む手にグッと力が増す。

「……どういう意味よ、それ」

「もういいだろっ。バイトなんだって！　心配しなくても、ケーサツのお世話になることはしてねーよっ」

腹立たしげな響きの母親の言葉を遮って、摑まれていた腕を取り戻す。もう話すことはないと態度で示し、玄関扉を勢いよく開いて廊下に飛び出した。

背後からなにか文句を言っている母親の声が聞こえてきたけれど、足を止めることも振り返ることもなくエレベーターホールへ向かう。

気持ち悪い。

自分の胸の内側でグルグルする感情の正体が、摑めなくて……。

頭の中には、母親から聞かされた言葉と自分が母親に投げつけた言葉が、交互に浮かんでくる。

それらを無理やり振り払いながら、通い慣れた道を走ってペットクリニックへ向かった。足を止めることなく走り続け、ノックもせずドアを開けると、白衣に包まれた三笠の背中が視界に飛び込んできた。

玄関先で母親と話していたせいでここに来るのがいつもより遅くなったのだけれど、三笠はついさっきまで仕事をしていたようだ。診療時間が終わる間際になって、患畜がやって来たのかもしれない。

正規の診療時間外でも可能な限り対応しているらしく、これまでも数回、休憩室で診察を終えた三笠がやって来るのを待つことがあった。

「あ、いらっしゃいチカくん。……なにかあった？」

そう言いながら周良を振り返った三笠は、目が合うなり顔から笑みを消して声のトーンを落とす。

自分がどんな顔をしているのかわからない周良は、右手の甲でゴシゴシと頬を擦って三笠に聞き返した。

「な……なん、で？」

母親とのやり取りなど、三笠は知る由もないはずだ。一目でわかるほど、変な顔をしているのだろうか？

視線を泳がせる周良に、三笠は普段と同じのんびりとした声で答える。

「肩で息をしているから。走ってきた？」

「家を出るの、遅くなったから。……腹減ったし」

ボソボソと息切れの理由を口にすると、三笠は唇の端をほんの少し吊り上げる。素早く白衣を脱いでソファの背にかけ、大股で周良の前に立つと、当然のような仕草で髪に触れてきた。

「そっか。じゃ、急いでご飯を食べに行こう。……チカくんは、なにがいい？」

「……紅竜軒でいい。さっさと飯を食わないと、あいつらの散歩の時間がずれ込むだろ」

馴染みの中華料理店なら、歩いて五分もかからない距離にある。

自分たちの夕食を先にして犬たちを散歩に連れ出すのだから、早く食事を終えてしまわなければならない。

うつむき加減で答えた周良は、さり気なく三笠の手を払いながら踵を返した。

どうしてだろう。三笠の顔を見た瞬間、胸の内側いっぱいに膨れ上がっていたイガイガとしたものが、スッと溶けたような気がする。

最初は居心地の悪い思いしかなかったスキンシップにも、いつの間にかそれほど違和感がなくなり……チカくんと呼ばれることにも慣らされてしまった。

三笠と一緒にいると、診察台の上であの手に身を任せる動物たちの気持ちが少しだけわかる。

どう言えばいいのか、この人には逆らっても無駄だと言葉ではなく空気で感じるのだ。敵《かな》わない、と認めるのはなんだか悔しいけれど。

「……うん。犬たちのことを考えてくれて、ありがとう。じゃあ、行こう」

手を振り払われたのにも不快を示すことなく、周良の背中をポンと軽く叩く。

うなずいた周良は、チラリと斜め前を見上げて端整な横顔を目に映した。

患畜の飼い主から見ても、やっぱり『男前』なのか。

まぁ……同性の周良でも、中身はともかく外見はケチのつけようがないと感じるのだから、当然かもしれない。

この人だと、パトロネスから資金援助があるなどという下世話な噂にも、妙な信憑性がある。と、そこまで考えたところで慌てて頭から追い出した。

三笠が誰から資金援助を受けていても、ホスト紛いなことをしていたとしても……周良には関係ない。

「チカくん？　どうかした？」

周良がその場に立ち尽くしているせいか、扉を出たところで足を止めた三笠が、不思議そうに名前を呼びながら振り返る。

「なんでもないっ」

我に返った周良は、変な思考を頭から追い出して小走りで休憩室を出た。

散歩から帰るなり入院患畜用の小部屋に様子を見に行った三笠は、まだ戻ってくる様子がない。

一時預かりの犬たちのケージがある小部屋の隅にしゃがみ込んでいる周良は、

「……ノーテンキな寝顔」

床に置かれたケージの中、団子のように丸まってスピスピと寝息を立てている五匹の子犬を目にしながら、思わずそんな一言を零した。

ミルクを腹いっぱいに飲んだせいか、どの子犬も小さく上下する腹部はポンポンに膨れている。

この子犬たちは、三日前にダンボール箱に入れられてこのクリニックの軒先に放置されていたのだという。一緒に入っていた紙には、世話ができないから引き取り手を探してほしいと書かれていたらしい。

子犬たちは、薄茶色だったり黒っぽかったり……靴下を履いているような、足先だけ白い毛だったり。

あまり好きな表現ではないが、俗にいう雑種というやつだと犬に詳しくない周良でもわかる。

「こんなチビを捨てるなんて、無責任だよな」

毛布の敷かれたケージの中、健やかに眠り続ける子犬たちは無防備極まりない様子だ。危害を加えられるかもしれないなどと、微塵も疑っていない。

周良がつぶやいたのとほぼ同時に、隣に並んで座っている権兵衛が「ふぁぁ」と大きなあくびを漏らした。

「おい、失礼だぞ」

苦情を告げながら頭の上に手を置くと、「なにが?」とでも言いたそうな目でこちらを見上げてくる。

愛嬌のある顔がおかしくて、つい唇の端を緩ませた。

ケージの中にいるのは、泊まりの犬が二匹と猫が一匹だ。猫は落ち着きなく動き回っているが、散歩と食事を終えた犬たちは丸くなってうとうとしている。

ぼんやりと子犬たちを眺めていた周良は、

「チカ猫くん、忘れ物だよ」

「……ッ!」

そんな一言と共に頭に触れたモノの感触に驚き、ビクッと肩を震わせた。確かめなくても、黒猫の耳を模した髪飾りを着けられたのだとわかる。

「まだ飽きないのかよっ」

この髪飾りを着けるようになって、もう五日になる。からかうにしても、いい加減飽きる頃だろうと思うのだが……そんな周良の期待をよそに、今夜も猫耳髪飾りを装着されてしまった。

「飽きないよ。似合ってるって、何回も言ってるのに」

「そーいう問題じゃないんだけど」

唇を尖《とが》らせる周良に、三笠は静かな声で続けた。

「……チカ猫のほうが話しやすいだろ？　猫なんだから、気ままに好きなようになんでも言っていいよ」

それはまるで、母親と玄関先で言い合ってからずっと周良が抱えている、説明のつかないモヤモヤを見通しているかのような言葉だ。

気まずさを覚えた周良は、ぎこちなく目を逸らしてボソボソと言い返した。

「ど……いう、意味」

「僕は動物の愚痴を聞くのに慣れているから、なにを聞いても気にしない。溜め込むのは心身ともによくないなぁ。知ってる？　動物もストレスで円形脱毛症になったりするんだよ。

せっかくのサラサラ髪の毛が、もったいない」

「っ、ハゲるって決めつけんなよっ！」

からかう口調ではなく、真面目な声で不吉なことを言いながら髪に触ってくる手を、軽く叩いて払い落とす。

そうして嫌がってみせたのに、三笠は両手を伸ばしてきて周良を腕の中に抱き込んだ。

「な、なにすんだよっ。気持ち悪……」

「僕は、おっきな猫を抱いてるだけだけど？　今日のチカ猫は、ご機嫌斜めなのかな。おやつは……ああ、ワッフルがあった。スタッフが、駅前に期間限定で出店していたからって買ってきたんだ。チカ猫は、ベルギーワッフル好き？　チョコがかかったのと、蜂蜜のと……シナモンシュガー」

もぞもぞと身体を捩《よじ》らせる周良を抱き込んだまま、ポンポンと軽く背中を叩きながら話しかけてくる。

相変わらず、のほほんとしたマイペースな口調と内容だ。普段、動物と接する時と同じ空気を漂わせている。まるで、周良を本物の巨大な猫だと思っているみたいで……やっぱり、変な人だ。

「ワッフルは、嫌いじゃない」

「よかった。あとでココアを淹れてあげるね」

三笠と周良がじゃれているとでも思ったのか、不意に傍にいた権兵衛が身体をすり寄せてきた。

ペロリと顔を舐められて、「うわっ」と眉を顰める。

「舐めんなよ、権兵衛。ドッグフードくせぇな」

権兵衛は美味しそうに食べていたけれど、いい匂いとは言えない。

顔を背けて嫌がる周良の頭の脇で、三笠が「ははっ」と小さく笑った。

「権兵衛なりに、チカ猫を癒しているつもりなんだよ。……今日のチカ猫は、様子がいつもと違うから。散歩中も、上の空だったね」

「……………」

様子が違う？　三笠だけでなく……権兵衛にまで、感づかれてしまうほど隠せていなかったのだろうか。

なにもかも見透かしている、わかっているのだと言わんばかりの言葉は、三笠以外の人間に言われていたら気に障るばかりのものだ。三笠だと突っぱねられないのは、この人の纏う妙な空気のせいに違いない。

するりするりと、風になびく旗のようにかわされてしまうとわかっているので、突っかかるだけ労力の無駄だと学習済みなのだ。

黙り込む周良は不機嫌な空気を漂わせているはずだが、三笠は相変わらずのマイペースさで言葉を続ける。

「研究でも明らかになっているんだけど、動物は……特に犬はね、人間が傷ついていたり落ち込んでいたりするのがわかるんだ。その上で、寄り添って少しでも癒そうとする」

「別におれは、傷ついたり落ち込んだりなんか……してないけど。だいたいおれさぁ、そんなに繊細そうに見える？」

ボソボソ口にして、ふんと鼻を鳴らした。

癒そうとするだと？　犬に同情されるなんて、ごめんだ。

「チカ猫は、そうして露悪的な言い方ばかりするね」

仕方のない子だな、と。

そう言わんばかりの調子で静かに口にする三笠に黙っていられなくなり、ムッとして言い返した。

「露悪的？　実際に、こーんな見てくれだし。三笠さんだって、最初……おれが権兵衛を虐待したって思ったんだろ？　こうやってガラのよくないコーコーセーが出入りしていたら、近所の評判がよくないいんじゃねーの？　客商売なのに大丈夫かよ」

「心配してくれてありがとう。……ね、そうして自分を卑下する言い方をしながら、きちんと気遣いをしてる。権兵衛のことは、早とちりした僕が悪かったと深く反省してます。でも、嫌な誤解をされながらも『助けて』って自分のために一生懸命になってくれたってこと……

権兵衛は、ちゃんとわかってる。格好いいよ。権兵衛にとっては、ヒーローだ」

手放しで褒められて、顔を顰《しか》めた。周良はもうなにも言えなくなり、こちらを見ている権兵衛を、唇を噛んで見下ろす。

キラキラとした目だ。まるで、三笠の言葉に同意すると言っているみたいに、尻尾を左右に振っている。

ヒーローだなんて、陳腐な表現だ。ダサい言葉。

そう吐き捨てて笑ってやりたいのに、喉の奥に声が詰まったみたいになっていて……一言も出てこない。

なんだろう。胸が、苦しい。

動物を撫でるような手つきで、よしよし……と髪を撫で回している三笠の手を、振り払うことができない。

「動物も、人間も……外見に惑わされたら、大変な目に遭うことがあるよ。パンダなんて、あんなにファンシーな見てくれなのに熊の仲間だし。凶暴な兎《うさぎ》とか、亀《かめ》にもカミツキガメっていうのがいるしね。かと思えば、怖そうな見た目の犬がすっごく穏やかな気性だったりするんだ。わかりやすい例だと……シベリアンハスキーって、知ってる？　身体も大きいし怖そうな顔をしているけど、温厚で可愛い性格なんだよ」

パンダ、兎、亀……と。

三笠が口にした動物を思い浮かべていた周良だったが、最後のシベリアンハスキーはわからない。

「……知らない」

「じゃあ、写真を見せてあげるね」

素直にうなずくのはなんだか気まずいので、肯定とも否定とも取れる仕草でかすかに頭を動かした。

ふと、頭に浮かんだことを言い返す。

「……三笠さんも、人畜無害そうに見えて凶暴だったりするとか？」

皮肉を込めた言い回しだったのだが、三笠はクスリと笑う。

「んー……かもしれないよ」

また、サラリと流されてしまった。

この人に逆らおうとしても、無駄だから。

周良は、口で勝つことはできないから。

今は……そう、猫だから。

ジッと三笠の腕の中に抱かれたままの自分に、そうしていくつも言い訳を並べる。

チカ猫などと、変な呼び方をされて甘やかされるのが心地いいなんて、絶対に認めないけれど。

こちらを見上げている権兵衛と視線が合い、心の中で「見るなよバカ」とつぶやいた。

八つ当たりだとわかっている。

だって、澄んだ真っ黒の瞳に、なにもかも見透かされているみたいで……なんとも居心地が悪かったのだ。

《六》

裏口の扉を開けた周良《ちから》は、医院内に一歩足を入れたところで立ち止まった。診察スペースのほうから、三笠《みかさ》と女性の声が聞こえてきたのだ。

三笠のペットクリニックには、若い女性スタッフが複数いるようだが明確にはわからない。周良が顔を合わせたことがあるのは一人で、あとは休憩室に置かれているマグカップなどの小物と、メモ用紙の筆跡が複数あることで予想するのみだ。

以前、偶然鉢合わせしたスタッフの女性は、周良をあからさまに不審そうな目で見ていた。三笠は、のん気な調子で「アルバイトくんだよ」と説明しているのだろうけど、彼女にとって歓迎できる存在ではなさそうだということは被害妄想ではないと思う。

周良も、自分が決して『オトナ受け』のいい風体ではないという自覚はある。だから極力ここのスタッフとは顔を合わせないようにしているし、出入りする際に近所の人に見られないよう注意を払っているつもりだ。

三笠が言い出したアルバイトだ。別に悪いコトをしているわけではないのだから、堂々としていればいいと頭ではわかっているが、不審人物を見る目で見られるのは気分のいいものではない。

このあたりを一周して時間を潰《つぶ》して、出直すかな……。

そう思って身体《からだ》の向きを変えかけたところで、「高校生の男の子」という単語が耳に飛び込んできた。

さらに三笠が、女性に「高校生って、チカくんのことかな?」と答えたことで、思わず動きを止めてしまう。

立ち聞きなど、褒められた行為ではない。聞かないほうがいい……と頭ではわかっているのに、足が動かない。

気配を殺して立ち竦《すく》む周良の耳に、二人の会話が届く。

「スタッフが言ってたけど、どう見てもガラのよくない子ですって? 金髪みたいな茶髪で、制服を着崩して……」

スタッフからの伝聞だと口にするからには、この女性はクリニックのスタッフではないようだ。

出入りの業者にしては親しげなので、友人なのかもしれない。

「外見は最近の高校生だけど、すごくいい子だよ」

女性に言い返した三笠の声は、苦笑を含んだものだ。どんな顔をしているのか、想像がつく。

柔和な三笠に反して、女性の声は険を帯びたものになった。

「相変わらず能天気ね。なに考えているのか知らないけど、博愛主義は動物だけにしておきなさいよ。ご近所の目もあるでしょ？　ペットクリニックとは言っても、人間の評判がモノを言うんだから、変な噂が立ったらどうするの？」

刺々《とげとげ》しい言葉の数々に、周良は皮肉な笑みを滲《にじ》ませる。

腹を立てたわけではない。

これが、世間一般の……所謂《いわゆる》『普通』の反応なのだと思う。やはり、三笠が少しズレているだけだ。

ひっそりと嘆息して今度こそ踵《きびす》を返そうとした周良だが、少し間を置いて聞こえてきた三笠の声に引き留められた。

「心配しなくても、問題なんかないって。知ってるだろ？　昔から、動物を手懐《てなず》けるのは得意なんだ。人間に懐かない野良猫や野良犬も、根気強く接しているうちにあっちから近づいて来るようになる」

周良はその場から一歩も動くことなく、無意識に拳《こぶし》を握った。

今、三笠はなんて言った？

動物を手懐ける。

懐かない野良猫や野良犬も、あっちから寄ってくる。

そんな言葉が、頭の中をぐるぐると巡った。

事実を述べただけなのかもしれないけれど、話の流れからして周良を動物にたとえているとしか思えない。

女性もそう感じたらしく、声に呆《あき》れを滲ませた。

「はぁ……。動物ね。人間は動物と違って、裏切ることもあるっていうのを忘れないようにしたほうがいいわ。あまり変なことをするようなら、援助を考え直すから」

「……君に援助を切られても、今すぐ経営が立ち行かなくなることはないかな」

「千里《せんり》のクセに、かっわいくなーい」

親しげな調子で「千里」と呼んだことで、そういえば三笠のファーストネームは千里だったのかと、再認識した。

ファーストネーム、それも呼び捨てで口にすることからしても、つき合いの浅い人ではないとわかる。

二人の会話はまだ続いているようだが、周良の頭にはもう内容が入ってこなかった。

ドクドクと、激しい心臓の鼓動が耳の奥にこだましていた。

三笠にとって周良は、野良猫を手懐けるという感覚だったのか。確かに、猫耳を模した髪飾りをつけられて『チカ猫』なんて呼ばれていたけれど、まさか本物の動物と同列に扱われているとは思わなかった。

動物扱いされていたからといって、失望する理由などない。なのに、どうして……胸の内側がズキズキと疼《うず》いているのだろう。

握り込んだ爪が手のひらに食い込んでも、それを痛いと感じないくらい……。

「野良犬をボランティアで治療しているなんて、知られないようにしなさいよ。キリがなくなっちゃうから」

診察室から移動しながら話しているのか、声が近くなり、戸口に立ち尽くしていた周良はハッと顔を上げた。

「ッ！」

音を立てないよう、そろりとドアを閉める。重く感じる足を動かして後ずさりをすると、勢いよく回れ右をして走り出した。

自分がどんな顔をしているのかも、この……腹立たしいのか悔しいのか、思考が入り混じってぐちゃぐちゃになっているワケもわからない。

ただ、今は三笠の顔を見られない。逢いたくない。

それだけは確かで、全速力でペットクリニックから離れる。

「っ、ちくしょ……ッ」

目的もなく走り続けて、息が苦しくなったところでようやく足を止めた。膝《ひざ》に手をついて息を整えていると、ジーンズのポケットに入れてある携帯電話が振動する。

反射的に携帯電話を手に取って画面に目を落とすと、『カツヤ』と遊び仲間の名前が表示されていた。

無視しようかと一度は手を下ろしたけれど、説明のつかない頼りない気分になっている自分を誤魔化したくて、携帯電話を耳に押し当てる。

「……なに？」

不機嫌な一言で応じた周良に気づかないのか、どうでもいいのか……やけにテンションの高い声が返ってくる。

『おー、チカラァ、生きてたのかよ。しばらく顔を見ないから、行方不明説とか死亡説まで出てたぜ？』

「バカ、勝手に殺してんじゃねーよっ！」

普通の声が出せたことに、ホッとした。

声を発したことで、喉《のど》のところでモヤモヤと溜《た》まっていた変な不快感も抜けたようだ。

『なぁ、暇なんだろ？　今さ、スパイクにいるから出て来いよ。アンナが、チカラに逢いたいってさ』

『チカラー、待ってるよぉ』

カツヤの傍《そば》にいるのか、少し離れた位置からアンナらしき女の子の声が聞こえてくる。

そんな気分じゃないと、断り文句を口にしかけて……小さく首を横に振った。

一人でいれば、また奇妙なモヤモヤが湧《わ》いてきそうだ。

なにも考えずに笑っていられる遊び仲間の中に身を置けば、少しはスッキリとした気分になるかもしれない。

「行く。スパイクだな？」

『おー、そうこなくっちゃ。じゃ、後でなぁ？』

通話を終えた携帯電話をジーンズのポケットに戻した周良は、大きく肩を上下させて駅へと進路を変更した。

三笠に「今日は行かない」と伝えようか……と頭を過《よぎ》ったけれど、よく考えればクリニックの電話番号を知らない。

「いーや。毎日来なくてもいいって言ってたし、いつまでもは待たないだろ」

無言ですっぽかすことの罪悪感に蓋《ふた》をして、思考の片隅に追いやる。

動物を手懐けるのは得意なんだ、と笑っていた三笠の声を思い出して眉《まゆ》を顰《ひそ》めた周良は、

「ドーブツと一緒だと思うなよ」

そんな独り言を口にしながら、皮肉な笑みを滲ませる。

駅前の信号を早足で渡り、久し振りに遊び慣れた夜の街へ向かった。

「チカラ、飲むだろ？」

「あー……」

目の前にグラスを差し出されて、反射的に受け取った。

鼻先をくすぐった匂いは、コーラのものだ。アルコール臭も混じっているので、コークハイだろう。

薄暗い店内には、大音量でけたたましい音楽が流されている。スツールなどはなく、店内にランダムに配置された背の高い小さなテーブルを囲んで、周良と同世代から……二十代前半くらいの男女が思い思いに雑談している。

丸いテーブルにグラスを置いた周良の正面に立ったカツヤは、テーブルの上に両肘《ひじ》をついて身を乗り出してきた。

「おまえさ、この半月ちょっと、全然出てこなかっただろ。なにやってたんだ？」

騒々しさに掻《か》き消されないように、大声で話しかけてくる。

この距離なら、そんなに大声を出さなくてもいいだろう……と少しだけ眉根を寄せた周良は、簡潔に答えた。

「バイト」

「へー。どんな？」

「夜のバイトだよ」

夜遊びトモダチに、三笠のペットクリニックでなにをしていたのかやそれに到る経緯を詳しく話す気はない。

軽く答えた周良の言葉を勝手に解釈したらしく、カツヤはケタケタと下品な笑い声を上げて「そちも悪《わる》よのぅ」と口にした。

どんなバイトだと思ったのやら、わざわざ問い質《ただ》すのも馬鹿らしい。

「おまえが出てこないあいだ、コーイチさんがあちこちに『チカラはいないのか？』って聞き回ってたらしいぞ」

「……はぁ？　なんで？」

カツヤの口から出た『コーイチ』という名前を無視することはできなくて、眉間に深い皺《しわ》を刻んでしまった。

周良にとって、補導員よりも厄介な存在だ。最後に顔を合わせたのは……二カ月以上前になるか。

挨拶だけして、さり気なく逃げた周良を深追いしてこなかったのだが、わざわざ聞いて回るなど穏やかではない。

「おまえがあんまりつれないから、めずらしく焦ってるみたいだな。あの人さぁ、そろそろ少年Aじゃなくなるだろ。その前に、なーんかやらかす気じゃないのかなぁ……って、ケンジたちも話しててさぁ」

「なんかって、なんだよ。物騒だな」

具体的になにをどうするというのではなく、「なにか」というのが一番不気味だ。ヒヤリとした気分になる周良をよそに、カツヤは緊張感のない顔で、

「さぁ？　わかんねーけど。どうせやるなら、テレビネタになるようなことをしてくれないかなぁ。派手に、爆破！　とかさ」

などと無責任なことを口にして、ヘラヘラ笑っている。

そういえばコイツは、面白ければそれでいいという享楽的な人間だった……と、コッソリ嘆息した。

夜の街でのトモダチづき合いは希薄だ。高校卒業を機に……もしくは成人を境に、いつの間にか姿を見なくなる。

しばらく見かけないなと気づいても、共通のトモダチと「ああ『卒業』かぁ」と笑い合うだけで、わざわざ連絡を取って確認することもない。

大人は理解できないと顔を顰《しか》めるだろうけど、周良はこれでいいと思っている。

「なーんか、腹減ったなぁ。バーガー食いにいかねぇ？」

「あー……うん。おれは、今はいいや」

「そっか。クイーンの上にいるからさ、気が向いたら来いよ」

乗り気ではない返事をした周良に、カツヤは数カ所ある溜まり場のうちの一つであるファストフード店の場所を言い残して、テーブルを離れた。

周良は、大音響に紛れて「さっさと行け」とつぶやきながら、その背中に向かってひらひらと手を振る。

離れてくれて幸いだ。カツヤと一緒に行動をすれば、また無用のケンカに巻き込まれかねない。

そこまで考えたところで、

『綺麗《きれい》な顔に傷をつけるなんてもったいない』

という三笠の声がふいに浮かび、ギュッと眉を顰めた。

チラリと視線を落とした時計は、十時前を指している。

いつもなら、夕食と犬たちの散歩を終えてクリニックに戻り、休憩室か一時預かり用のケージが並ぶ部屋にいる頃だ。

三笠は、「チカ猫」と笑いながら周良の頭に猫耳の髪飾りを着けて、犬や猫を撫《な》でるのと同じ手つきで触れてくる。

周良が、変な呼び方をするなと文句を言うのは初めの数分だけで、やがてマイペースな三笠に抗《あらが》うのをあきらめて唇を引き結ぶ。

三笠は、「おっきな猫、可愛いなぁ……」とふざけたことを言いながら、周良を抱き寄せる。

抱き込まれた腕の中で「カワイクねーだろ」と不貞腐れる周良を、傍にいる権兵衛《ごんべえ》は「やれやれ、またか」と呆れたような顔で見てあくびを零《こぼ》すのだ。

ほぼ毎日、なにかしら用意されているおやつを食べて、日付が変わる頃まで三笠のクリニックで過ごして自宅に戻る。

いつもの時間になっても姿を現さない周良のことを、三笠はどう思っただろうか。

権兵衛の治療費代わりのアルバイトなのに、無断で来ないなんて無責任だと表情を曇らせたか……あの三笠のことだから、猫は気まぐれだねぇなどと、的外れなことを考えているかもしれない。

不意に一際大きな歓声が上がり、テーブルの上にある手つかずのグラスを凝視していた周良はハッと顔を上げた。

ミキシングの機材が並ぶブースに派手な出《い》で立ちの男が立っている。そこに向けられてスポットライトが点《とも》り、クラブ内の照明が一段と暗くなった。

「……ッ、ちくしょ」

三笠のことを考えたくないから、こうして遊び場に出てきたのに……わざわざ思い出すなんて、自分はバカではないだろうか。

忌々《いまいま》しさを押し流したくて、グラスを摑《つか》むと氷がすっかり溶けて薄くなったコークハイを口に含んだ。

全然、美味《おい》しくない。

賑《にぎ》やかなクラブにいても、微塵《みじん》も愉快な気分になれない。

時間の経過が、やけにゆっくりと感じる。

三笠のクリニックにいれば、預かっている犬や猫の簡単な世話をしたり、動物の写真集を見ながら三笠のうんちくを聞いたりと、特別なことをしていなくてもあっという間に時が流れたのに。

これまで以上に音量を増した音楽は、今の周良にとって雑音でしかなかった。

耳をつんざく喧騒も、狭い空間にいることで否応なしに触れる他人の身体も、気に障るばかりだ。

今までは、夜遊びをそれなりに楽しんでいると思っていたのだが……そう、自分に言い聞かせていただけだと、突きつけられたような気分だ。

では、なにと比べて楽しくないのか。

「あー、やめやめっ！」

頭を強く左右に振って、思考を振り払う。

考えてはいけない。気づいてはいけないと、どこからともなく警鐘が鳴っているみたいだった。

三笠の傍にいることの心地よさ、その理由を認めてしまったら、自分のなにもかもが変わってしまう。

頭の隅を過るだけで、言葉では形容できない恐怖だった。

周良にとって、自分が怖いと感じていることを認めるのは屈辱に等しかった。だから、必死で目を背け続ける。

答えはすぐそこにあるけれど、無理やり気づかないふりをして……。

「あ！　チカラはっけーん！」

そんな言葉と同時に、なにかがドンと背中にぶつかってくる。持っていたグラスが揺れて、零れたコークハイが右手を濡《ぬ》らした。

「うわっ！　なんだよ、ユイ」

苦情を零しながら振り返った周良の目に、背中に抱きついてこちらを見上げてくるトモダチの一人が映る。

四月も末とはいえ、夜になればまだ肌寒い季節なのだが、ノースリーブのシャツにショートパンツという露出過多な格好だ。そのくせロングブーツを履いているのは、周良から見ればアンバランスとしか思えないのだが。

「あのねぇ、コーイチさんが来たみたい。チカラを見かけたら、捕まえておけって言われてたからぁ」

「あぁっ？　っ……離せよ、バカ」

コーイチの指示で自分を捕まえた、とあっけらかんと口にしたユイを振り解こうと、身体を揺らす。

これが同性ならもっと乱雑な行動に出られるのだが、女の子相手に乱暴なことはできなくてもどかしい。

「おれがあの人苦手なの、知ってるだろっ」

「だって、チカラを捕まえたらストーンズにつれて行ってくれるって言うんだもん。あそこ、会員制だからなかなか入れないしぃ」

「っ、トモダチを売る気か」

トモダチ、と自分で言っておきながら白々しい響きだと顔を顰《しか》める。ユイにしても自分にしても、上っ面だけのつき合いだとわかりきっているのだ。

「あっ、コーイチさぁん！　チカラ、捕まえたよー」

「……チッ」

逃げきれなかったようだ。コーイチの名前を呼ぶユイの声に、大音量に紛れさせて舌打ちをした。

面倒がっていることを悟られてしまい、変に絡まれたら面倒だ。当たり障りなく適当に言葉を交わして、逃げよう。

そう決めた周良は、意識して眉間の力を抜くと振り返る。

男女取り混ぜて、五、六人の取り巻きを伴ったコーイチが、こちらに歩いてくるところだった。

奇抜な服装や、派手なカラーリングを施した髪形で個性を表そうとする少年少女の中にいて、黒髪で短めに整えられた髪にシンプルな白いシャツ、ダークグレーのレザーパンツといった装いのコーイチは、かえって異質な空気を放っているみたいだった。端整な顔立ちと鋭い目つきが、猛禽類《もうきんるい》を連想させる。

大勢で混雑していたのに、コーイチの一団の登場で面白いくらい素早く人垣が左右に分かれて、進路が現れる。

当然のように、ゆったりとした足取りで進むコーイチは相変わらずの『王様』といった雰囲気だ。

「チカラ、久し振りだな。しばらく見なかったが、どこでなにしてた?」

周良の前で足を止めたコーイチは、十センチほど高い位置からこちらを見下ろしながら、低い声で尋ねてくる。

シャツの襟元《えりもと》からはクロムハーツのネックレスが覗《のぞ》き、当然のように周良の前髪に伸ばされた指にも同じブランドの厳《いか》ついリングが嵌《は》められていた。

心の中で、ジャラジャラ装飾品をつけてる男は気持ち悪いんだよと吐き捨てて、さり気なく身体を後ろに引く。

「タイミングが悪くて、コーイチさんと顔を合わせなかっただけ。適当に、このあたりをフラフラしてたよ」

「ふーん？」

唇の端をほんの少し吊《つ》り上げたコーイチは、背中を屈《かが》めて周良の顔を覗き込んでくる。顔立ちから言えば見苦しいものではないと思うが、男に息が触れそうなほど顔を寄せられて嬉《うれ》しいはずもない。

「近い、コーイチさん」

短く口にして顔を背けた周良に、コーイチは機嫌を損ねるどころか面白がっている表情になった。

「おまえは、相変わらずだねぇ。その、媚《こ》びないところがいいんだけど。組み敷いて、泣かせたくなる。この取り澄ましたキレーな面を、ぐちゃぐちゃに歪《ゆが》ませたら……楽しいだろうなぁ」

「……悪趣味」

取り巻きたちと違い、周良が自分に媚びないからムキになっているのだ。きっと、一度でも思い通りになれば気が済む。

そうわかっているけれど、今更態度を改めることなどできそうにないし、コーイチの好きにされるなど真っ平御免だ。

「ははは
っ。カワイイねぇ」

「ッ、よせよ」

笑みを含んだ言葉と共に耳に齧《かじ》りつかれ、さすがに無表情を装うことができなくなって顔を顰めた。

周りの取り巻き連中は、クスクス笑いながらコーイチと周良のやり取りを傍観している。コイツらは、いつ周良がコーイチに降伏するのか賭けをしているのだ……と、知っている。

「なぁ、これから」

肩を抱き寄せようとした手からスルリと身体を逃がした周良は、わざとらしく左手を上げて腕時計に視線を落とした。

「あー……っと、バイトの時間なんで。次の機会に」

軽く頭を上下させて、歩き始める。背中を、

「チカラ！　バイトなんかしなくても、俺と遊べば財布なんていらねーぞ」

というコーイチの声が追いかけてきたけれど、右手を上げるだけで振り返ることなく歩き続けた。

俺と遊べば、か。俺の好きなように遊ばせたら、の間違いではないだろうか。

分厚い扉を押してクラブを出た周良は、半地下に位置する出入り口から短い階段を駆け上がって路上に立つ。

「はぁー……殺菌消毒してぇ」

コーイチに噛《か》みつかれた左耳に、妙な余韻が漂っているみたいで不快だ。手のひらでゴシゴシ擦《こす》ってもスッキリしなくて、せめて駅のトイレで洗うかとため息をつく。ユイに抱きつかれた背中も、なんとなく気持ち悪い。

気軽なスキンシップなど、慣れきったもののはずなのに……『チカ猫』などと呼ばれて触れてくる手には、何故《なぜ》かこんな違和感や気持ち悪さは湧かなかったのに。

無意識に頭に手をやり、そうか、今は猫耳の髪飾りはつけていなかったのだな……と考えた直後、ハッとしてグシャグシャと髪をかき乱す。

「ちくしょ、モヤモヤする」

気分転換を目的として夜の街に出てきたのに、ほんの少しも気が晴れなかった。自宅に帰って、寝たほうがマシだ。

もう一つ大きなため息を零した周良は、まだ電車がある時間なのを確認して、足早に駅へと向かった。

《七》

できる限り音がしないようそろりとドアを開けたのに、カチャッというかすかな音に気づいたらしい。

三笠が、パッとこちらを振り返った。

「チカくん！」

周良のことを猫のように言うけれど、三笠こそ動物じみた敏感さではなかろうか。権兵衛と同じくらいの反応速度だ。

「……コンバンハ。昨日は、用事があって……無断欠勤、スミマセンでしたっ」

周良は、なにか聞かれる前に先手必勝とばかりに、早口で昨日の謝罪をして頭を下げる。

床を映していた視界の隅に、三笠が履いている靴が入ったと思った直後、ポンと頭に手を置かれた。

ドクンと大きく心臓が脈打つ。

動物に対してはもちろん、人間が相手でも気軽にスキンシップを図る三笠に触れられることなど珍しくないし、もう慣れたはずだ。それなのに、今は……どうして、奇妙なくらい鼓動が早くなっているのだろう。

「心配してた。具合が悪かったとかじゃなければ、いいんだけど」

「それは……大丈夫。ごめん」

嘘をついた気まずさから、もごもごと答える。周良の頭に手を乗せたままの三笠は、小さく笑って言葉を続けた。

「カラー、変えたんだ？　綺麗な色だね。今までの色も、似合っていたけど」

太陽の下では金色に近いハニーブラウンだった髪の色を、チョコレートブラウンに染めたのだ。

三笠は理由を尋ねてこなかったけれど、

「飽きた……から」

指先で軽く髪を撫でる手から身体ごと逃げて、ポツリと返した。

嘘ではない。

それも、本当のことだが……ドラッグストアでカラーリング剤を選んでいた時にチラリと周良の頭を過ったのは、誰に見られても『ガラがよくない』と言われないような色を、ということだった。

自分の存在がマイナスに作用して、ペットクリニックの客足が鈍《にぶ》ったら困る。これは三笠のためではなく、動物たちのため……だ。

お人好しな三笠は、これからも軒先に放置される子犬や子猫を引き受けそうだ。ただでさえ多額のローンを抱えているようなので、経営が行き詰まったりして行き場のない動物の最後の砦《とりで》を自分が奪うことになったら、申し訳ない。

言い訳じみたそれらの理由を、口に出すことなく心の中でだけつぶやいて、そろりと三笠から距離を取る。

「今さらだけど、そういえばチカくんの連絡先を聞いてなかったな、って気がついたんだ。メールアドレスだけでもいいから、教えてくれる？」

「ホント、今更だろ。……八時過ぎになっても来なかったら、おれのことは気にせず晩飯食ってよ」

そんな言葉で、三笠に連絡先を教える気はないと伝える。三笠がどんな顔をしたのかはわからないけれど、落胆を含んだ声で言い返してきた。

「まだ警戒を解いてくれない？　あっ、イタズラメールなんかは、しないよ」

イタズラ云々《うんぬん》というのは冗談めかした言い方だったけれど、周良はピクッと唇の端を震わせただけで笑えなかった。

やっぱりこの人は、周良が考えもしなかったコトを言い出す妙な大人だ。

「警戒、って動物みたいに言うな。心配しなくても、権兵衛の治療費分はバイトする。晩飯、行かないと……散歩が遅くなる」

ボソボソと口にして、三笠に背中を向けた。

耳の奥に、『動物を手懐けるのは得意だ』と女性に答えて笑っていた三笠の声がよみがえり、ゆるく眉を寄せる。

背後からは、

「治療費を踏み倒されるかも、なんてそんなことを心配しているわけじゃないんだけどなぁ」

どことなく淋しい響きの、ぼやくような三笠の声が聞こえてきたけれど、周良は振り向くことなく戸口に向かった。

これ以上、三笠と距離を詰めてはいけない。動物みたいに、簡単に手懐けられると思うなよ、と唇を噛んで。


「その子と……権兵衛とチビたちにも、ご飯をあげてくれるかな。僕は、今日入院した子の様子を見てくる」

「わっかりました」

三笠の言葉に軽く答えた周良は、散歩から戻ったばかりのプードルを一時預かり用のケージに入れる。

フードを収めているケースから、プードルの飼い主から指定された半生のドッグフードと、権兵衛のドライフード、子犬たちの離乳食用パウチフード……と、それぞれの食事を取りだして餌皿に移した。

食事を待ち侘びていた彼らは、周良が差し出した餌皿に即座に顔を突っ込んで食べ始める。

「あ、こら。おまえばっかり食うなって。こっちのチビにも食わせてやれよ」

五匹の子犬たちがいるケージを覗いていた周良は、一番身体の大きな子犬が餌皿を独占しようとするのに苦笑して、手を伸ばした。

場所を空けておいて、弾《はじ》き出されていた小さな子犬と位置を入れ替える。

「おまえも、遠慮するなよ。……一週間くらいで、でかくなったなぁ」

最初は犬用のミルクを飲んでいた子犬たちは、今ではミルクと離乳食用のフードを半々にして与えている。

兄弟なのは間違いないはずだが、パッと見で違いがわかるくらいの体格差がある。けれど、どの子犬もコロコロと太っていて可愛い。ムクムクのぬいぐるみみたいだ。

自然と『可愛い』と思いながら微笑を浮かべた自分に気づいた周良は、キュッと唇を引き結んだ。

我が物顔でドッグフードを口にしている権兵衛もだけれど、自分までもいつの間にか、ここにすっかり馴染《なじ》んでしまった。遊び慣れたはずの繁華街やクラブのほうに違和感を覚えるほど……。

「……おまえら、どうなるんだろうな」

あっという間にドッグフードを食べ終えて舌なめずりをしている権兵衛を横目で見遣《みや》り、次にケージの中の子犬たちに視線を移してつぶやく。

権兵衛も、この子犬たちも……きっと、ずっとここにいることはできない。そしてそれは、周良にも言えることだ。

三笠が「もういい」と言えば、ここに来られない。

そう考えた直後、

「ッ！」

奥歯を噛んで、来られない、という思考を慌てて打ち消した。

来なくていいのなら、解放感に溢れて……晴れ晴れしい気分になるはずだ。そうでなければならない。

本来ここは、周良がいるべき場所ではないのだから……。

「忘れてるよ、チカ猫」

「うわ！」

三笠の声と共に頭に髪飾りを着けられ、しゃがみ込んで子犬のケージを見ていた周良はビクッと身体を震わせた。

身を捩《よじ》った弾みに、尻もちをついてしまう。

またしても、気配を感じなかった！

心臓が口から飛び出すと思うほど、驚いた。

「そんなに驚かなくても……」

周良の驚きようは予想以上のものだったのか、三笠は目を丸くして周良を見下ろしていた。

自然な仕草で手を差し出されたけれど、その意図に気づかなかったふりをして自力で立ち上がる。

「気配、全然なかったんだよ。あんたのほうが、猫みたいだっ」

「そうかなぁ？　チカくんが、一生懸命にチビたちを見ていたからだと思うな」

クスリと笑った三笠は、空になった餌皿を手に取って洗い場に置いた。

両手で頭につけられている黒猫の耳の髪飾りを外した周良は、振り向いた三笠にそれを差し出す。

「餌やり、終わったし……おれ、帰る」

「えっ、おやつ食べていかない？」

散歩と犬たちの餌やり後のおやつはここしばらくの日課になっていたせいか、すぐさま帰ると口にした周良に少し驚いた顔をする。

周良は、首を左右に振って三笠の手に猫耳の髪飾りを押しつけた。

「いらない。……じゃ、また明日」

「チカくん？」

怪訝《けげん》そうな響きで名前を呼びながら、三笠が手をこちらに伸ばしてくる。髪に触れられそうになり、ビクッと肩を竦ませると慌てて後ろに足を引いた。

「ぁ、じゃ……じゃあ！」

過剰反応だ。

三笠だけでなく、周良自身もそんな自分に驚いた。

昨夜、コーイチに触られた時は気持ち悪くてたまらなかった。でも、三笠だと全然そんなふうに感じない。

気持ち悪いどころか、誰が傍にいる時とも違う……これまで味わったことのない、ホッとした空気に包まれる。

犬や猫に接しているつもりしかない三笠に、自分ばかりドキドキするなんてバカみたいだ。

三笠を特別なのだと認めてしまったら、なにもかもが崩れてしまいそうで怖い……のに、周良の中で三笠の存在は、目を逸らせないほど大きくなっている。

並んで散歩をしている途中、静かな夜の空気の中で気がついてしまったのだ。

夜の街、慣れ親しんだはずの賑やかなクラブが楽しくなかった理由。コーイチだと不快なのに、三笠の手だと心地いいのは何故か。

気づいて、認めてしまったら、これまで通りではいられない。

「チカくん、待ってよ。なにかあった？」

背中を向けかけたところで、三笠の手に二の腕を摑まれた。首から上にカーッと血が集まるのを感じた周良は、

「なんでもないって！　も、離せっ」

慌ててその手を振り払い、急ぎ足で小部屋を出た。

あんまりな態度だ。さすがの三笠も気を悪くしたかもしれないけれど、平静を取り繕う余裕など皆無だった。

心臓が……ドクドクと猛スピードで脈打っている。

三笠に摑まれた部分が、変に熱を帯びているみたいだ。

「おれ、ど……か、してる」

小走りで夜の住宅街を進みながら零した独り言は、今にも泣きそうな、頼りないものだった。

一心不乱に思考を追い払いながら駆けること、十数分。

自宅マンションまで走り続けた周良は、忙しない手つきで鍵を開けて玄関に入る。母親が在宅している気配はなく、静まり返っていた。

このところ、以前にもまして自宅を空けている。そのうちの何割が、早川との逢瀬かは知

らないが……母親と顔を合わせたくない気分なので、不在なのは幸いだ。

玄関先で膝に手をついて、乱れた息を整える。

なんとか動悸が落ち着き、靴を脱ぎながらジーンズのポケットを探ったところで、忘れ物に気がついた。

「ぁー……おれのアホ！」

思わず、自身への罵《ののし》り文句を零す。

携帯電話を、三笠のクリニックに置き忘れてきたようだ。休憩室のソファに座った時、ポケットから出してテーブルの隅に置いた記憶がある。

帰り際、ああいう形でクリニックを出てきてしまったので、回収するのを完全に失念していた。

逃げるように飛び出してきたことを思えば、のこのこと取りに戻るのはものすごく気まずい。

でも、携帯電話が手元にないというのはとてつもなく不安だった。財布が手元にないより、厄介だ。

唇を噛みしめて、どうしようか……散々迷い、腕時計に視線を落とした。

「この時間なら……大丈夫かな」

十時半、か。

周良が居座っている時だと、三笠もクリニックで仕事をしたり休憩室のソファで本を読んだりしているのだが……周良のいない今日も、まだいるかどうかはわからない。

「ううぅ、ダメもとで行ってみるか」

外から様子を窺《うかが》ってみて、すべての部屋の電気が消えているようなら諦《あきら》めて明日にしよう。

特大のため息をつき、回れ右をした。

一番の目的は、そう……コンビニだ。コンビニに行くついでに、忘れ物を引き取ってくるだけだ。

自分へそう言い聞かせながら、重い足を運んだ。


「いる……かなぁ」

裏口の鍵がかかっていたら、諦めて帰ろうと思っていたのだが……そろりと捻《ひね》ったドアノブは、あっさり回ってしまった。

細く扉を開けて、室内の様子を窺う。

電気は点《つ》いているし、施錠もされていなかったので三笠はクリニックにいるはずだ。でも、しばらく気配を殺して耳に神経を集中させても、物音一つしない。

診察室か、入院患畜用の小部屋にいてくれたらいい……。

そう期待しながら、そろそろと休憩室に足を向ける。休憩室のドアは、五センチほど開いていて光が漏れだしていた。

隙間から室内を覗いた周良の目に、ソファに腰かけている三笠の後ろ姿が映る。

「………」

一番、いて欲しくない場所にいた。

そんな勝手なことを考えて、グッと奥歯を噛み締める。

なんでもないように笑って、「忘れ物を取りに来たんだ。マヌケだよな。今度こそ、サヨナラ！」と早々に立ち去ってしまおう。

頭の中で練習して、深呼吸を繰り返す。

タイミングを計るべく、ジッと様子を窺っていても三笠は動かない。ソファの背もたれに身体を預け、もしかして……うたた寝しているのだろうか。

これは、最大のチャンスか？

今の隙に、携帯電話を持って行ってしまえばいいのでは。そうすれば、三笠と顔を合わせずに済む。

そう思い到り、ドアの隙間に手をかけた。恐る恐る……ゆっくりドアの隙間を押し開いても、三笠はそのままの体勢だ。

もともと気配に敏感な三笠が振り向かないということは、うたた寝というよりもかなり深く眠っているのだろうと安堵した。

息を詰めてソファを回り込んだ周良は、三笠を横目で窺いつつテーブルに手を伸ばす。

もう少し……やった。

指先が携帯電話に触れ、右手の中に握り込む。ホッとして踵を返そうとしたところで、三笠がかすかに身動《みじろ》ぎをした。

刺激しないよう、周良はピタリと動きを止めて三笠を見下ろす。

……十秒。二十秒。

やけに長く感じる時間が流れた。三笠は瞼《まぶた》を閉じたままで、目を覚ます様子がないことにホッとする。

よく考えたら、こんなふうに三笠を目にするのは初めてだ。

端整な顔立ちの人だと、改めて感じた。

周良や動物と接する際は唇に微笑を浮かべて柔和な空気を漂わせているのだが、こうして目を閉じていたら意外なくらいシャープな雰囲気だ。

ああ……でも、初めて逢った日……診察台の上にいる権兵衛を診ている時は、怖いくらい真剣な眼差《まなざ》しをしていた。

普通の大人とは、どこか違う。変な人……と今でも思うけど、初めの頃に感じていたような苦手意識は、いつの間にかどこかへ行ってしまった。

ジッと三笠を見下ろしていた周良は、右手に持っていた携帯電話をジーンズのポケットに押し込むと、自分が着ているシャツの襟元をグッと摑んだ。

なんか……変だ。心臓が、やけに早鐘を打っている。

息苦しさの正体は、なに?

コーイチはもちろん、肌を露出したユイに密着されても、こんなふうにドキドキしなかったのに。

三笠に触れてみれば、コーイチやユイとの違いがわかるだろうか。なにが違うのか、どうして違うのか……。

奇妙な思考だと自分でも思うのに、引き結ばれている三笠の唇から目を逸《そ》らすことができない。

コクンと喉を鳴らした周良は、右手で襟元を握ったままゆっくりと背中を屈めた。強力な磁石に、引き寄せられるみたいに……。

息を詰め、顔を寄せて、かすめるように三笠の唇に触れた直後。

「……ッ!」

ビクッと三笠が身体を動かした。

慌てて屈めていた背中を伸ばした周良の手首を、瞼を開いた三笠が素早く摑む。

心臓がどうにかなるかと思うほど、驚いた！　胸の内側で、ドッドッと忙《せわ》しなく動悸を響かせている。

頭の中が真っ白で、なにも言葉が出てこない。周良を見上げている三笠も、現状を把握しようとしてかまばたきを繰り返した。

「チカくん……」

小さな声で周良の名前を呼び、ソファに腰かけたままの体勢で周良を見上げて探るような表情を浮かべた。

周良は、思いがけない強さで摑まれている手を取り戻そうと、グイグイ引きながらしどろもどろに唇を開く。

「ぁ、のっ……ケータイ、忘れて」

逃げそびれてしまった。ほんの少し前まで眠っていた人間とは思えないほど、鋭敏な動きだったのだ。

「ああ……」

テーブルにチラリと視線を移した三笠は、小さくうなずいた。

寝惚《ねぼ》けていて、周良がなにをしたのか気づいていないのでは……。そんな期待は、続く言葉で木っ端《こぱ》みじんに砕かれる。

「今、チカくん」

「それはっ、なんか、あんまり無防備な顔してたから、つい……。えっと、三笠さんに変なこと考えたんじゃなくて、たまたま手近にいたからっ。この前、女の子に、下手なキスって言われて……三笠さんで、練習させてもらっちゃったっ！　ね、猫にでも舐《な》められたと思って、許してよっ」

どうにかして誤魔化さなければ……と焦るばかりで、途中で、自分が何を言っているのかわからなくなってしまった。

必死で言い繕う周良を、三笠はかすかに首を傾《かし》げて見上げている。摑まれた手は、まだ解放してもらえない。

三笠なら、「仕方ないな」と笑って許してくれるのではないかと、祈るような気持ちで反応を待つ。

完全なパニック状態に陥りつつも、自覚したことがあった。

三笠に対する、感情は……本来、同性に向けるものではないこと。

誰といるより心が安らいで、触れられると心地よくて、チカ猫と呼びながら撫でられると嫌がってみせながら、本気で逃げられない理由。

猫扱いしていたバカな高校生に、こんなふうに下心を持たれているのだと三笠が知れば、嫌われてしまうかもしれない。

ため息をついて苦笑を滲ませ、「チカ猫のやることなら仕方ないか」と……流してくれるのを待つ。

無言の三笠に不安が込み上げてきた頃、周良の手を摑んでいる三笠の指に、ギュッと力が増した。

「……誰でもよかったってこと？」

「う、うん。あ、権兵衛にしたらよかった……か……っ」

無意味な笑いを零しながら言い訳を重ねようとした周良だったが、摑まれている手を強く引かれて言葉を切った。

バランスを崩し、咄嗟《とっさ》にソファの背もたれに手をつく。

「な……っ、に」

いつになく険しい表情の三笠の顔が、至近距離に……と思った直後、やわらかな感触が唇に触れた。

「ぁ、ッ！」

反射的に背中を反らせようとしたけれど、頭の後ろに手を押し当てられていて身体を引くことができなかった。

あまりにも予想外の展開で、硬直している周良の唇の隙間から、濡れた感触が潜り込んでくる。

舌先をくすぐられて、ザワッと悪寒《おかん》に似たものが背中を這《は》い上がった。

なに？　なにが起きている？

思考が白く染まり、なにも考えられない。

ワン！　と、入院患畜用の小部屋から犬の鳴き声が聞こえてきたことで、ようやく呪縛が解けた。

三笠の手からも力が抜けて、密着していた身体を離すことができる。

「ッ……な、ん……」

濡れた唇を手の甲で拭《ぬぐ》い、ジッと周良を見上げている三笠を目に映す。

いつもなら温和な微笑を浮かべているのに、今は一切の思考も感情も感じ取らせない無表情だ。整った顔立ちをしている分、こんなふうに表情がなければ冷たく怖いくらいだった。

周良と視線を絡ませていた三笠は、ふっと息をついて唇を開く。

「練習っていうなら、これくらいはしないといけないんじゃないか？」

表情に則した、淡々とした声だった。

怒っているのか……呆れているのかさえ、周良にはわからない。

「…………」

「昨今の若者の風潮かもしれないけど……誰でもいいっていうのは、感心しないな。少なくとも、僕は理解できない」

ほんの少し眉間に皺を刻んでそう続けた三笠は、右手を上げて、わずかに気まずそうな仕

草で自分の髪を掻き乱した。

苛立《いらだ》ちを抑えるような態度の三笠を初めて目《ま》の当たりにして、周良は目の前が暗くなったような錯覚に襲われる。

なにも答えられない。ただ、周良がしでかしたことを三笠が不快に感じたことだけは、確かだ。

フォローの術《すべ》などなく、頭の中は『どうしよう』でいっぱいだった。

「ご……ごめ、なさ……ぃ」

自分がなにを口にしているのかもよくわからないまま、ポツポツとつぶやいた周良は、両手を強く握って三笠に背中を向けた。

ダメだ。ここにいてはいけない。

……いられない。

自分の言動に収拾がつけられなくなって、みっともなく逃げ出す。

どうやってクリニックを出たのか記憶にないけれど、ふと顔を上げると薄暗い道路の端に立っていた。

「お、れ……バカだ」

ぼんやりとした街灯の下、ポツリと口に出すと、握り締めた拳で自分の頭を殴る。

綺麗な顔を見ていたら、抗い難い衝動に駆られてふらふらと顔を寄せてしまった。

あんなことをしてしまうまで、自分が三笠に対してどんな想いを抱いているのか自覚していなかった。

しかも、下手な誤魔化しでさらに不快な思いをさせて……罰を与えるようなキスで、『仕返し』された。

三笠を苛立たせ、あんなことをさせてからようやく『好き』だと気づくなんて、本当にバカだ。

「っくしょ。バカなキスドロボー、ロクデナシ、鈍感、ッ……」

自分の足元に自身への罵り文句を吐き捨てて、足を踏み出す。

初めの数メートルはのろのろと歩いていたけれど、徐々に足の運びが速くなり……鬱憤《うっぷん》を振り払うように静まり返った夜の住宅街を全力で走りながら、唇を噛み締める。

血の味に、これは現実なのだと突きつけられているみたいだった。

《八》

「腹、減ったな……」

ぐぅ……と腹の虫が空腹を訴えたことで、周良は視線を落としていた携帯ゲーム機から顔を上げた。

何時だ？　と目を向けた時計は、八時前を指している。

学校から帰宅してからの時間が、やけに長い。時間を持て余しているという自覚はあったけれど、うまく消化できない。

これまで、どうしていたっけ……と、壁にかかっている時計を見上げながら考えた。

高校での義務を終えて、クラスメートと街中に繰り出して……適当に目についた店を覗いたり、買い食いをしたりして数時間を潰す。

夕食の時間に合わせて帰宅するクラスメートと別れたら、周良も一旦は自宅に戻って制服から私服に着替え、夜に向かって賑やかになる繁華街へと出直す。

顔見知り程度のトモダチと合流して、ファストフード店やクラブで終電間際……もしくは、始発の時間まで過ごす。

夜の街で過ごしていたあいだ、なにをしていたのか具体的に思い出せないほど希薄な数時間だった。

この一カ月弱、三笠のクリニックで犬や猫と接していた時間や夜の散歩、黒猫の耳を模した髪飾りをつけられて『チカ猫』と笑う三笠と共に過ごした数時間は、コマ送りしているかのように思い出すことができるのに。

あの心地いい空間を、自分の手で壊してしまった。

三笠のクリニックから逃げ出して一週間、一度も訪れていない。

いくら周良が図太い神経を持っていても、あの時の三笠を思い起こせば、なにもなかったかのように顔を出すなどできない。

「飯、どうしよっかなぁ。面倒くせーけど、コンビニでも行くか」

母親は、周良が中学を卒業するまでは仕事後の帰宅時に弁当を持ち帰ったり、鍋いっぱいのカレーやシチューを作っておいたり……と夕食を用意していたのだが、夜の街をうろつくようになってからは無駄になると思ったらしく、見事なまでの放任になった。

顔を合わせれば、母親の責務を思い出したかのように尋ねてくるけれど、普段は互いになにをしているのか気にかけることもない。一応は同じ家で寝起きしているのだが、何日も姿を見ないことさえある。

幸い、ファミリーレストランもコンビニも、近場に複数あるから困ることはない。早川《はやかわ》に握らされた『小遣い』のおかげで、金銭的な不自由もない。

三日に一度、全自動洗濯機に放り込むだけとはいえ、洗濯もしてくれるし……現状に文句は言えない。

自分が社会的な信頼のない未成年で、放任状態とはいえ母親に扶養されている身であることは重々承知だ。

夜の街で共に過ごすトモダチは、世間で言う『普通の家庭』からどこか外れている少年少女が多く、親への不満や憤りを吐き出したりしているけれど……周良は適当に相槌《あいづち》を打ちながら、心の中では全然違うことを考えていた。

結局は、親や教師と言った大人に期待しているから、不満を感じるのだ。初めから期待などしなければ、なんとも思わない。

学校では『高校生』、家では『子供』として、最低限の義務を果たしていればアチラから小言を言われることもないし……わざわざ反抗して波風を立てるなど、面倒なことはしたくない。

……と、こんな考え方の自分が可愛げがないということは、自覚している。トモダチからも無用な反感を買うとわかっているから、口に出したこともない。

だいたい、この年になって、母親に構ってもらえないと拗《す》ねるのはバカげている。

深夜、親からの着信に嫌そうな顔をするトモダチを横目に、自分は好き勝手できてありがたいとは思っても、淋しいなんて考えたこともなかった。

淋しい……なんて感情、寄り添うぬくもりを知らなければ、思い浮かべることさえなかった。

犬たちや、ふざけた調子で『チカ猫』と呼びながら触れてくる三笠は、周良にこれまで知らなかった感覚を植えつけたのだと……本人たちは知る由もないだろう。

「あー、やめっ。飯だ！」

妙な方向に思考が向きそうになり、大きな声で独り言を口にした周良は、頭を振って座り込んでいたソファから立ち上がる。

淋しいなどと、認めるものか。

玄関に向かって数歩歩いたところで、ドアの開閉音が聞こえてきた。母親と、それに応《こた》える男の声が耳に届く。

「でね、それだと……あら、周良。いたの？」

背後の早川に話しかけながらリビングに向かっていた母親は、戸口に立つ周良の姿に気づいて足を止めた。

いたの、という一言にギュッと眉を顰めて言い返す。

「いちゃ悪いのかよ。今から出て行くところだよ」

「悪いなんて、言ってないでしょ。可愛くないいんだから。夕飯まだなら、今から早川さんと食べに行くからあんたも一緒に」

「冗談だろ。おれは、トモダチと食ってくるよ」

母親と、その彼氏と、高校生の息子の三人で夕食だと？　どんな茶番だ、と唇の端を吊り上げる。

これまで、そんなふうに周良を誘ってくることなどなかったくせに……。

「仕方ないわね。ちょっと話したいことがあるんだけど」

嘆息した母親は、周良の進路を塞《ふさ》ぐように目前に立って言葉を続ける。足止めされた周良は、あからさまに嫌な顔をしたに違いない。

今すぐ話さなければならないことか？　と聞き返そうとしたところで、母親の後ろに立っている早川が口を開いた。

「優美子《ゆみこ》さん、周良くんはお友達と約束しているんだろう？　話は、今日でなくてもいいじゃないか」

「そうだけど……この子、なかなかつかまらないのよ」

愛人の子供、しかもこんな可愛げのない高校生の男を前にして、疎ましさを表に出さないのは、さすが『大人』だ。

しかも、それとなく周良に「早く出て行け」と促している……とまで考えるのは、勘繰りすぎだろうか。

どちらにしても、自分の存在はお邪魔だろう。

そう皮肉なことを考えながら、「じゃあね」と二人の脇をすり抜けようとした。

「ああ、周良くん。夕食代を持って行きなさい」

「早川さんっ、またぁ」

周良を呼び止めておいて財布を取り出した早川に、母親が声を上げる。早川は、ニコニコ笑いながら財布から紙幣を抜いてこちらに差し出してきた。

「いいから、いいから。ほら、周良くん」

「……いつも、どうも」

微笑を浮かべて早川に礼を返した周良は、手の中に押しつけられた一万円札を握り、クシャクシャになったそれをジーンズのポケットに突っ込む。

もう用はないだろうとばかりに、今度こそ二人の脇を通り抜けて、早足で玄関へと歩を進めた。

□　□　□

ゲームセンターの店頭には、電子音を発する複数のクレーンゲーム機が置かれている。そのネオンが鬱陶しくて、目を細めた。

遊びたい気分ではなかったけれど、結局慣れた夜の街に出てきてしまった。

家に居られず、三笠のクリニックにも行くのでもなければ、本当に他に行き場がないのだなぁ……と改めて実感する。

ひとまず腹ごしらえか、と目についたファストフード店の前で足を止めて、二階へ続く細い階段を上がった。

会計を済ませてトレイを手に持ち、空席を探すべく店内に視線を巡らせる。

若者が集まる繁華街の中心部という立地のせいか、周良と同年代の少年少女が客席の七割方を占めていた。

「おーい、チカラ！」

斜め後ろから名前を呼ばれたチカラは、トレイを持ったまま振り向いた。四人がけの座席にいる三人の男女が、こちらに向かって手を振っている。

「ユージか」

顔見知り……一応、トモダチの存在を無視することはできなくて、手招きする彼らのほうへと足を向けた。

「ここ、座れよ。一人か？」

「ん、さっき出てきたところだから」

トレイをテーブルに置いた周良は、空席のイスを引いて腰を下ろした。

クシャクシャに丸められたハンバーガーの包み紙がテーブルに転がり、トレイの上には残りわずかになったポテトがあるだけということは、彼らは結構な時間をここで過ごしているのだろう。

ハンバーガーの包みを開いてマイペースで齧りつく周良に、顔は知っていても名前は憶《おぼ》えていない女の子が話しかけてくる。

「チカラ、ってクラブで見かけたことしかなかったけど、こうして明るいところで見たらホントにキレーな顔してるんだぁ？」

ジロジロと、不躾《ぶしつけ》にこちらを見ながらの言葉にムッとして、目を向けることもなく聞き流した。

タイミングよく、ハンバーガーに齧りついたところだったのが幸いした。意図的に無視したようには見えないはずだ。

咀嚼《そしゃく》のために口を動かしている周良に代わって、隣のイスに座っているユージが答える。

「なんだよ、ホノカ。おまえもやっぱ、イケメンが好きなわけ？」

ホノカと呼ばれた女の子は、ピンク色の唇を尖《とが》らせて大きくうなずいた。

「当然でしょー。どうせなら、いい顔を見ていたいもん。コーイチさんが追いかけてるっていうから、どの程度のものかと思ってたけど……納得かな」

不意にコーイチの名前を聞かされ、ピクッと指先に力が入る。途端にハンバーガーが味気のないものに変わった。

この界隈をうろついている人間には、周知の事実ということか。

「あー、そういやちょっと前、コーイチさんがステラから出てくるのを見たなぁ」

「そう、あんな時間に引き上げるなんて、珍しいと思ってたの」

ユージの言葉を、ホノカの隣にいる女の子が継ぐ。フルメイクに胸元を強調した服でオンナノコを主張しているホノカとは違い、ショートカットの黒髪にシンプルな白いTシャツという対極な雰囲気だ。

「んー……このところ、大人しいっていうかお行儀がいいみたい。あの人、もうすぐ二十歳になるんでしょう？　もう、なってるのかな……。どっちにしても、そろそろ卒業かなぁ。この前なんて、お目付け役だかなんだかの黒スーツの男が迎えに来てたし。いいところのお坊ちゃんっていうのは、本当なんでしょうね」

外見だけでなく、しゃべり口も少し大人びたものだった。

チラリとこちらを見た彼女と目が合い、無意識に分析していた周良はさり気なく視線を逸らす。

「チカラさぁ、この後どうすんの？」

周良は早々に食べ終えたハンバーガーの包み紙をギュッと捻り、ジュースを一口含んでユージに答えた。

「適当にぶらつく。ポテト、よかったら食って。お邪魔」

本当は、コーイチとバッタリ顔を合わせる前にこの街を離れようと決めていた。

ただ、会話の流れから怖気《おじけ》づいて逃げるのかと思われるのが癪《しゃく》で、そう口にしてイスから腰を上げた。

ホノカとユージは、

「えー、つき合い悪いぃ」

「つまんねーなぁ」

などと口々に不満を零したけれど、ショートカットの少女だけは「バイバイ」とかすかな笑みを浮かべて手を振った。結局名前も聞かなかった彼女に軽く手を振り返して、足早にファストフード店を出る。

路肩に立ち、これからどうしようかと腕時計を見遣った。

「十時前……か」

自宅に戻ろうかとも思ったが、早川と母親が外出しているとは限らない。うっかり邪魔をするのはごめんだ。

ため息をついた周良は、時間潰しだけを目的に、普段はあまり足を向けることのない界隈へと向かった。

新しい商業施設を中心に、自分たちより少し上……二十代から三十代をターゲットにした店舗が集まっている地域だ。あのあたりなら、顔見知りやトモダチに声をかけられることもないだろう。

歩みを緩めて、自分の身体を見下ろす。

今日の服装は、シンプルな黒いシャツと派手な色落ちやダメージ加工のないジーンズだ。これなら、大学生くらいに見えないこともない……か？

ユージやホノカのような若者ファッションではないし、自分一人だけならさほど浮かないだろうと、足の運びを速くする。

慣れない街には、小ぢんまりとしたビストロや落ち着いた空気を漂わせるバーが立ち並んでいた。

行き交う人たちもやはり大学生以上が中心のようで、複数人のグループでも騒がしく話したりしていない。

電車で一駅、徒歩でも二十分そこそこしか離れていないのに、全然違う雰囲気を漂わせているのが面白い。

いずれは自分も、あの喧騒に満ちた街から『卒業』する。

いや、いつか……ではなく明日行かなくなってもいいかと、LED電球の装飾が施された街路樹を見上げた。

楽しさの欠片《かけら》もないあの街で、無駄なばかりの時間を過ごす理由を見出《みいだ》せなくなっているのだ。

では、なにをすればいい？

街路樹をぼんやりと眺めながら、行き止まりで立ち往生しているかのような頼りない気分になっていると、不意に誰かに肩を摑まれた。

しまった、補導員か？　と咄嗟に振り解こうとしたところで、聞き覚えのある声が耳に入る。

「チカラ、こんなところで逢うなんて珍しいじゃん」

「……コーイチさん」

避けたはずの人物と、思いがけないところで行き合ってしまった。

面倒だと感じたことを顔に出さないよう、なんとか表情を繕って脇に立つコーイチを見上げる。

「そこのショップのプレオープンチケットがあるから、覗いてみようかと思って来たんだけどさぁ……おまえ、ツレはいねーの？」

そう言うコーイチこそ、取り巻きを連れていない。落ち着いた街というロケーションのせいか、少しかっちりとした濃紺のジャケットを着ているせいか、周良の目にはいつもよりずっと落ち着きのある青年のように映る。

どうしよう。立ち去るタイミングを逃してしまった。

「暇なら、一緒に来るか？　すぐそこの、十四階」

そこ、とコーイチが親指で指したのは真新しい複合商業ビルだ。

下層階はアンテナショップなどの店舗があり、中層はオフィステナント、高層階にはレストランやバーが入っていると雑誌で見た。

高校生の自分には敷居が高い雰囲気の店ばかりだったので、縁がないだろうと読み流したのだが……。

「おれ、こんな格好だし。無理でしょ」

目の前のコーイチもノーネクタイだが、フォーマルとまではいかなくてもジャケットを着用しているのだ。

いくらなんでも、シャツにジーンズの自分を伴うのはマズいだろう。

そう、当たり障りのない断り文句を口にしたのだが、当のコーイチは「大丈夫だろ」と軽く答えて笑う。

「俺は、招待チケットを寄越した相手に、場の雰囲気を壊すなよって口うるさく言われたからジャケットを着てるだけだし。おまえ、口は悪いけど、黙ってたら育ちのいいお坊ちゃんに見えなくもないしさ」

口が悪いとか、黙っていたら……というのは、余計なお世話だ。

そう思って表情を曇らせた周良に、コーイチは笑みを深くする。

「取って食おうってんじゃないし、ビビるなよ」

「別に、ビビッてるわけじゃない」

周良が避けたがっていることを感づいているのかいないのか、揶揄《やゆ》する言葉にプライドを刺激されて、反射的に言い返す。

ふーん？　と鼻を鳴らしたコーイチは、

「じゃ、いいだろ。行こうぜ」

と、周良の肩に腕を回してきた。これで腕を振り払ったら、怖気づいてしまったみたいではないか。

コーイチの思う壺にはまってしまったのではないかと、眉間の皺を深くする。

「暇なんだろ？」

確かに、時間潰しを目的にここに来たのだから、暇という言葉は否定できない。それに、今のコーイチは、意外なくらい普通の青年っぽい空気を漂わせている。

「おれ、終電までには帰るけど」

そろりと口にした周良に、コーイチは唇の端を吊り上げてうなずいた。

「好きにしろよ。キレーなのを連れてったら、俺も気持ちぃーわ」

いつものクラブならともかく、お行儀のよさそうな場所で変なことはしないだろうな……と、促されるまま歩き出したところで、ピタリと足を止めた。

「チカラ」

従う素振りを見せた周良が突然立ち止まったせいか、振り向いたコーイチは不機嫌そうな声で名前を呼んでくる。

周良はなにも言えず、十数メートル先にいる二人組を目に映し続けた。

「なんだ？」

コーイチは怪訝な声でつぶやくと、周良の視線を追って斜め前に顔を向けた。

三笠と……同年代らしき女性は、コーイチが示したビルの回転扉から出てきたところだった。

白衣やラフなシャツにパンツという服ではなく、きちんとしたスーツを着た三笠など初めて目にした。

春らしい水色のワンピースを着ている女性と並んでいると、ドラマから抜け出してきたかのような美男美女カップルにしか見えない。

意外な場所で、思いがけない人物を目にして……突きつけられたのは、『現実』。

周良が変な人と決めつけていた三笠はやはり大人の男で、綺麗な女性を伴う姿は自然で……自分とは住む世界が違うのだと、思い知らされた気分だった。

「おい、チカラ？」

コーイチが、怪訝そうにもう一度周良の名前を呼んだところで、その声が聞こえたかのように三笠がこちらに顔を向けた。

「……チカくん」

「ッ！」

ビクッと肩を震わせた周良は、咄嗟に三笠から視線を逸らした。なのに、なにを考えているのか……三笠はこちらに向かってくる。

ほんの十数メートルの距離を詰められるのは、あっという間だった。

「あの男、知ってるのか？」

怪訝そうなコーイチの問いにも、答えることができない。頬を強張《こわば》らせて、足元をジッと凝視した。

「ちょっと、千里？　なによ、いきなり」

三笠の後ろから聞こえてきた女性の声に、ますます身体を硬くした。

この声……それに、千里という呼びかけには、憶えがあった。

あの夜、クリニックで三笠と話していた女性に違いない。周良のことを、『ガラの悪い高校生』と言い、深く関わるなと釘を刺していた。

それに答えた、三笠の『野生動物を手懐けるのは得意だ』というセリフまで頭の隅によみがえり、胸の内側にあの日と同じ……黒いモヤモヤが渦巻く。

「知り合いなんだ。チカくん、この一週間全然来ないけど……もしかして、学校でテストとかあった？」

こうして夜の街で顔を合わせたのだから、そんなわけはないだろう。だいたい、周良が真《ま》面目《じめ》にテスト勉強をするタイプに見えるか？

皮肉なのか、本心でそう思っているのか……チラリと疑ったが、三笠のことだから遠回しな皮肉という線はないかと小さく嘆息する。

顔を上げた周良が三笠に答えようとしたところで、こちらを見ている女性の顔が視界に入った。

胡散臭《うさんくさ》いものを見る目だ。

変なことをするようなら、援助を考え直すから……。

三笠に向かってぼやく口調で言っていたそんな言葉を思い出し、自分が取るべき対応を決めた。

三笠と目を合わせた周良は、無表情でポツリと口を開く。

「……誰？」

その途端、三笠は目を瞠《みは》って、周良が口にした言葉を理解できないといった表情を浮かべた。

「チカくん……？」

「人違いだろ。おれは、あんたなんか知らない。行こう、コーイチさん」

心の中で、「知らないふりをしてやるから、その女の人の前で親しげに話しかけてくるなよ、バカ……」と零す。

コーイチのジャケットの裾《すそ》を軽く引いて、三笠に背中を向けた。大股《おおまた》でその場を離れかけた周良の背中を、

「チカくんっ」

と、三笠の声が追いかけてきたけれど、歩みを緩めることもなく歩道を進む。

向かう予定だったビルの前を素通りして早足で歩き続ける周良に、追いかけてきたコーイチが肩を並べてきた。

「知り合いじゃなかったのか？　アッチは、やけに可愛らしー呼び方でチカラを呼んでたけど？」

「知らねーって。おれ、帰るよ。コーイチさん、一人で行って」

斜め後ろのビルを指差して、追いかけてくるなと言外に匂わせる。

一人になりたい。誰とも話したくない……。

今の自分が、どんな顔をしているのかわからないので、誰にも見られたくない。

そう思う周良を、コーイチは放っておいてくれない。

「なんで、そんなに急いで逃げてんの？　あの男、おまえのなに？」

早足で歩く周良と歩調を合わせて、ズケズケと無遠慮に尋ねてくる。無視しようとしたのに、「なぁ？」と言いながら肩を摑まれて足を止めさせられた。

「痴話ゲンカみたいだったぞ。俺の誘いはのらりくらりとかわしてたくせに、あの男とは遊んでるのか？」

遊ぶ、という言葉のニュアンスは、どう考えても妙な勘繰りを含んでいた。

眉を顰めた周良は、肩を摑むコーイチの手を振り払って短く言い返す。

「コーイチさんには関係ないだろっ」

「ってわけにもいかねーなぁ。あの男がオンナを連れてたから、拗ねてんの？　カワイーじゃん」

わざと周良を挑発しているのだとわかっているのに、神経を逆撫でされたことで無視できなくなってしまった。

「カワイクねーよっ」

刺々しい声と口調で言い返したのは……コーイチの言葉を腹立たしく感じたせいか、無視できない自分に苛立ちを募らせたせいか、わからない。

いつもは、なにを言われても軽く受け流す周良がいちいち反応することで、コーイチは目を細めて言葉を続ける。

「俺には取り澄ました顔しか見せなかったくせに、そんな顔をするほどあの男にイカレてんのか？　本命のオンナがいるのに、適当に遊ばれた？　どんなにキレーな顔をしていても、あの手の高スペックそうな男にとっては、未成年の男ってだけで相当ハイリスクだろうしなぁ」

したり顔で勝手な推測を並べたてたコーイチは、薄《う》っすらとした笑みを滲ませて「カワイソー」と続ける。

可哀想だなんて、微塵も思っていないくせに。

「そんな顔って……どんな顔だよ。おれは、あの男とはカンケーないって言ってるはずだけど？」

顔を背けた周良は、ボソボソと口にする。

三笠は何度も周良の名前を口にしたのだから、こうして関係ないと言い張ったところで説得力など皆無だ。

それでも、白を切りとおすしかない。

ふーん？　と鼻を鳴らしたコーイチは、スッと手を伸ばしてきて周良の前髪を指先で摘んだ。

「俺なら、テキトーに遊んでポイ捨てなんかしねぇよ？」

「……嘘ばっか。コーイチさんだって、おれが媚びないからムキになってるだけだろ。一回でも思い通りにすることができたら、満足してどうでもよくなるんじゃねーの？」

頬を歪ませて言い返した言葉は、本音だと伝わったのだろう。周良の前髪を軽く引いたコーイチは、スルリと頬を撫でてくる。

「決めつけんなよ。俺は、世間体を気にして捨てたりしないぜ？　……試すか？　さっきの男のこと、忘れさせてやるよ」

「はは、自信過剰……」

目を逸らしたまま、乾いた笑いをもらした。

こうして、髪や頬に触れられてもなにも感じない。この前のような、不快感さえ湧いてこない。

自分にとって、『あの手』以外は、それだけどうでもいいのだと……突きつけられる。

「自信過剰かどうか、自分で確かめてみろって」

これまでは、のらりくらりとかわしていた周良が逃げないせいか、コーイチは機嫌のよさそうな声で口にして首に腕を巻きつけてきた。

背中を屈め、当然のように顔を寄せてこられてさすがに身体を引き気味になる。

「ちょ……、っこんなとこで、なにする気……」

ビルのすぐ傍、薄暗くてあまり目立たない位置にいるとはいえ、歩道上だ。人通りが少なくもない。

先ほどから、脇を通り抜ける通行人の視線をチラチラ感じている。

「不満はそれだけ？　じゃあ、場所を移せばいいのか？」

「それは……」

場所を移して、どうする気か。コーイチの意図は、改めて聞くまでもない。

巧みな言い逃れが、咄嗟に出てこなくて視線を泳がせた。

周良がわずかながら迷う素振りを見せたせいか、首のところにあるコーイチの腕に力が込められる。

「こんなに執着したの、おまえが初めてなんだ。可愛がらせろよ」

そう……わずかな隙をこじ開けてやるとばかりに、畳みかけてきた。

その吐息が唇を撫でた瞬間、周良は我に返った。

違う。

三笠に触れられた時は、もっと息苦しくなった。ドキドキして……苦しくて、でも胸の奥がくすぐったくて。

「ッ、……やめとく」

コーイチの腕を外して身体を反転させようとしたのだが、痛いくらいの力で肩を摑まれて眉を顰めた。

「なんだよ、急に。思わせぶりに、その気にさせておいて」

「思わせぶりってつもりじゃなかったけど、そう感じたなら悪かったよ。おれ、やっぱりダメだ」

三笠でなければ、触れたいと……触れられたいとも思わない。

ダメだという周良の言葉に、コーイチは全身に纏う空気を険しいものへと変えた。肩を摑む手にも、力が増す。

「俺じゃ不満だって？　今さら……ハイそーですか、って引き下がれるか」

「ゃ……」

苛立ちを隠そうともしない強さで引き寄せられて、身体を捩った。変に騒いで悪目立ちをしたくないという思いから、全力で抵抗することができない。

でも……やっぱり、嫌だ！

摑まれた手、薄いシャツ越しに感じるコーイチの体温は、周良に嫌悪に近い違和感しか与えない。

ビルの壁に背中を押しつけられ、痛みに顔を歪ませたところで肩を摑まれていたコーイチの手が離された。

急に、どうして……？　と顔を上げた周良の目に、スーツに包まれた腕が映る。つい先ほど目にした三笠のものと、同じ色だ。

「嫌がってるのに、無理強いは感心しないですね」

「……ぁ」

やんわりとした調子ながらぴしゃりとした声の主など、顔を見て確かめるまでもない。対峙《たいじ》したコーイチに顔が向けられていても、俯《うつむ》いた視界には足元しか入っていないとしても、周良にはそれが誰かわかる。

「なに、あんた。……オンナ放ってきてよかったのか？　チカラは俺が引き受けるから、さっさと戻ってオンナの機嫌を取った方がいいんじゃねーの？」

突如割って入ってきた三笠に、コーイチは剣呑《けんのん》な空気を漂わせた。オンナ、という一言に周良は頬が強張るのを感じる。

心臓が……キリキリと、変な痛みを訴えている。苦しくて、三笠の顔を見ることができない。

「君に心配されるようなことはないな。チカくん……」

淡々とした口調でコーイチに返した三笠は、周良に向き直る。

名前を呼ばれても、斜め下に視線を落とした周良は頑《かたく》なに顔を上げようとしなかった。

「ッ、なんだよっ。邪魔すんなよっ」

無視される形になったコーイチが声を荒らげても、三笠は我関せずといった調子で言葉を続けた。

「チカくん。僕のことを知らないって？　……本気で言っているなら、僕の顔を見てもう一度言いなさい」

「そ……っ」

顎《あご》の下に手を差し入れられて顔を上げさせられた周良は、こちらを見ている三笠と視線を絡ませて……唇を引き結んだ。

なにも言い返せない。

悔しいけれど、目の前にいる三笠がいつになく険しい表情をしていたせいで、完全に気圧《けお》されてしまったのだ。

「おいっ、チカラはアンタなんか知らねえって言ってんだろっ！　引っ込んでろよ、オッサン！」

刺々しい声でそう言ったコーイチに、三笠は小さく嘆息してゆるく眉根を寄せた。

顎のところにあった三笠の手が離れて行ったのを幸いと、周良は目を逸らして奥歯を噛み締める。

「確かに、君たちから見ればオジサンかもしれないけど……ねぇ」

静かに答えた三笠は、完全に『子供』を相手にしているような空気を漂わせていた。

当然、それはコーイチにも伝わったのだろう。

「なに笑ってんだ？　舐めてんじゃねーぞっ」

周良の視界の端に、コーイチの腕が伸ばされて、三笠の着ているスーツの襟元を摑むのが映る。

五人相手にケンカをして勝ったとか、劣勢になれば刃物を持ち出すのも珍しくないとか、コーイチに関する物騒な『武勇伝』の数々が頭を過り、慌てて顔を向けた。

体格は互角……いや、三笠のほうが、少しだけ上背が勝っているだろうか。

でも、どう見ても、場数を踏んでいるコーイチと取っ組み合いをして三笠が勝てるとは思えない。

コーイチもそう高を括《くく》っているようで、唇の端を吊り上げて余裕の微笑を浮かべている。

三笠は危機感を覚えているようでもなく、襟首を摑んでいるコーイチをジッと目に映していた。

「三笠さんっ、格好つけてないで逃げろよっ」

思わず声を上げた周良に、コーイチは奇妙な笑みを深くする。けれど、当の三笠は動こうとしない。

「格好つけてんなって、チカラも言ってるだろ。それとも、痛い目に遭わないと、わかんないのかぁ？」

「三笠さんっっ」

コーイチが右手で拳を作ったのがわかり、再び三笠の名前を叫んだ。

ダメだ。この人は、自分たちとは違う。こんなところで変に揉《も》めて、ケンカ傷なんか作ってはいけない。

あの女の人……クリニックのスタッフ、患蓄を連れて訪れる人。そんな人たちに、ケンカ傷なんかを見せてはいけない。

具体的にどうしようと考えるまでもなく、周良は咄嗟に二人のあいだに割り込もうとしたのだけれど、三笠自身の手で制された。

「そんなに、ひ弱そうに思われているのか……心外だなぁ」

飄々《ひょうひょう》とした調子で口を開いた三笠は、

「無視してんじゃねーよっ」

という怒声と共に振り上げられたコーイチの手を逆手に持ち、あっという間に捻って動きを封じた。

「ッ！」

言葉を失ったのは、あっさりと動きを御されてしまったコーイチだけではない。周良も、唖然《あぜん》と目の前の光景を目にする。

なんだ……？　今のは。目にも留まらぬ早業、という言葉がぴったり当てはまる場面など、初めてだ。

「素人さん相手に、手荒なことはできないんだけど……正当防衛の範疇《はんちゅう》かな」

「い、いててて。離せよ、オッサン！」

「離してもいいケド、変な行動に出たら手加減を手放させてもらうよ。ああ……でも、刃物とか出されたら、腕を折っても正当防衛になるから好都合だな」

物騒な台詞《せりふ》が、出任せでなく本気なのだと……ピリピリと張り詰めた空気でわかる。

コーイチもそれを感じ取っているのか、「冗談じゃねーよ」と唸《うな》るように口にして、悔しそうに続けた。

「わかったよっ。ギブアップ！」

「いい子だね。じゃ……周良くんは、僕が連れて帰ってもいいかな」

穏やかな口調でそう言って微笑を浮かべた三笠は、言葉では形容できない迫力を帯びていた。

わかりやすく高圧的な言動ではないのに、逆らえないと思わされる。

傍から見ているだけの周良でさえ、ゾッとしたのだから……その笑みを向けられたコーイチは、周良とは比較にならないほど圧倒されたに違いない。

グッと喉を鳴らし……それでもすぐさま立ち直ったあたりは、見事だ。

「ちくしょ、好きなようにしろっ」

その言葉でパッとコーイチの腕を離した三笠は、今度は周良の手首を摑む。

反射的に後ずさりをした周良を逃がしてはくれなくて、ほんの少し目を細める。唇には微笑を滲ませたまま、口を開いた。

「……僕と来るよね？」

否を許さない空気を全身に漂わせている。

思わずコーイチへと目を向けると、三笠に捻り上げられていた右腕を左手で擦りながらチラリと周良と目を合わせた。

「…………」

言葉はなかったけれど、ものすごく嫌そうな表情になる。周良から顔を背けると、野良犬を追い払うかのような仕草で左手を振った。

強張った横顔は、これ以上関わらないからな……と語っている。

コーイチが、こんなふうに引く姿勢を見せるとは、意外だった。

そう思ったところで、よく考えれば自分はコーイチのことを深く知らなかったのだと思い到る。

実《まこと》しやかに語られていた噂話を、眉唾物《まゆつばもの》だと話半分で聞いているつもりでいて、真に受けていた部分も多くあったのだと。

実際のコーイチは、確かに傲慢で自分勝手なところも見受けられるけれど、意外なほど普通……いや、自分のことしか考えていない少年少女の中において、面倒見がいい部類に入る青年なのかもしれない。

少なくとも、敵《かな》わない相手に向かって、自身のプライドを守るために凶器を持ち出すような獰猛《どうもう》さというか愚かさはないらしい。

これまで知らなかった、知ろうともしなかった自分の浅はかさに啞然としていると、

「チカくん」

促す響きで、もう一度名前を呼ばれる。

コーイチとのやり取りで、意外なくらい腕っぷしが強いのはもう知った。渋る周良を強引に引っ張っていくことも可能なはずだ。

でも、周良が自身の意思で三笠と共にこの場から立ち去るようにと、選択を委《ゆだ》ねてくるようでいて……否を許さない空気を纏《まと》っている。

そして周良は、三笠の思惑通り、突っぱねることができない。

「……ん」

唇を引き結び、ほんの少し首を上下させると、手を引かれるまま歩き出した。その背中を、コーイチの声が追いかけてくる。

「チカラ、そのおっかないオッサンに無体なコトをされたら、いつでも俺のところに来いよ。負けたわけじゃなくて、今日のところは引いてやるんだからな」

懲りていないというか、予想以上に逞《たくま》しいらしい。

振り返ることもできない周良に代わり、ふっと背後に顔を向けた三笠が言い返した。

「心配しなくても、可愛がるだけだよ」

「ケッ……やーらしい響き」

ポツリとつぶやいたコーイチに、微笑を滲ませた三笠はもう話すことはないとばかりに顔を戻す。

目の前で起きたのは予想外のことばかりで、戸惑いのあまり「離せ」と抵抗することのできない周良の手を引いて、歩き出した。

「どこ、行くんだよ」

「ひとまず、自宅に帰ろうかな」

「さっきの女の人、は……」

「君が心配することはないよ」

少し前を歩く三笠の背中に向かって、ポツポツと思いつくまま話しかける。三笠は、振り返ることなく簡潔に答えた。

——君が心配することはない。つまり、語る気はないということか……?

もう、なにも言えなくなってしまった。

タクシーに乗せられても、身体を硬くしてシートに腰かけた周良は口を開くことができなくて。

なにを考えているのか読むことのできない三笠の横顔を、チラチラと窺う。

「やけに大人しいね。借りてきた猫みたいだ」

薄っすらとした笑みを滲ませ、周良に目を向けることもなくそんな言葉を口にした三笠に、反論さえできず……。

唇を嚙んで、三笠とは反対側の窓に顔を向けた。

《九》

連れて行かれた三笠の自宅は、ペットクリニックから目と鼻の先に建っている、真新しいマンションの一室だった。

どんなにゆっくり歩いても、クリニックまでは二、三分の距離だ。

七階でエレベーターを降りた三笠は、周良の手を引いたまま静まり返った廊下を歩いて突き当たりのドアの前で立ち止まる。

周良の手を離せば、途端に逃げ出す……。

そう警戒しているかのように、周良を捕らえたまま片手でスーツのポケットからキーケースを取り出して鍵を開けた。

素早く玄関に入ると、人感センサーが備えられているのかパッと明かりが灯《とも》る。閉じた扉に、オートロックのかかる音を背中で聞いた。

「っ……ちょ、と靴っっ」

革靴から足を抜いた三笠に手を引かれ、周良も慌ててシューズを脱ぎ捨てる。

左足に靴が残ったまま一歩廊下に上がってしまったけれど、三笠は気にかけることなく周良の手を握ったまま廊下を進んだ。

マイペースな人だということは知っていたが、いつになく強引で急いた仕草だ。目に映るのが見慣れないスーツの背中ということもあり、三笠ではない……知らない人に引っ張られているような不安が込み上げてくる。

三笠は、ソファやガラストップのテーブル、壁掛けタイプの大きなテレビが設《しつら》えられているリビングらしき部屋に入り、ようやく足を止めた。

小さく息をつき、こちらを振り返る気配を察した周良は、慌てて顔を俯けて三笠の視線から逃げた。

「……一週間ぶり、かな。どうして来なかったの？」

静かな声が頭上から落ちてくる。それは、周良を責める響きのものではなかったけれど、即答できない。

頑なに唇を引き結んだままでいると、珍しく焦《じ》れたのか、右手首を摑んだままの三笠の手にギュッと力が込められた。

「い……」

痛い、と訴えるのは悔しい。喉元まで込み上げてきた苦情を喉の奥に押し戻すと、そっと眉を顰めた。

三笠相手に意地を張っても、今更だということはわかっていたけれど、頑なな態度を崩せない。

「チカくん。……権兵衛が淋しがっているよ。チカくんがいつも来てた時間になったら、そわそわと戸口を窺って……しょんぼりしてる」

権兵衛の名前を出されて、これまでより強く奥歯を嚙み締める。

周良が顔を覗かせると、嬉しそうに目を輝かせて白い尻尾《しっぽ》を振る権兵衛の姿が脳裏に浮かんだ。

三笠のクリニックに行かなかったこの一週間、一番気になっていた存在だった。三笠より、権兵衛のほうが思い浮かべる回数が多かったかもしれない。

犬なんて、さほど好きではなかったのに……自分にとって、権兵衛だけは別格らしい。

「淋しがってるのは、権兵衛だけじゃないけどね」

三笠の顔を見ることができない周良には、どんな顔でそんなことを口にしているのか推測するしかない。

声は、淡々とした穏やかなものだ。怒っているとは思えないし、無断で『アルバイト』を放棄した周良を責めてもいない。

黙り込む周良に、三笠は嘆息して握っている周良の手首を引いた。

「なにか、言ってくれないかな。あんなふうに知らない人扱いされて、僕が……なんとも感じないと思う？」

強く引き寄せられたせいで、三笠の胸元に体当たりしてしまう。咄嗟に離れようとした周良の背中に、もう片方の手が押し当てられた。

三笠の胸元に抱き込まれる体勢になって、心臓の鼓動が跳ね上がった。

コーイチに摑まれたせいか、歪んでいるネクタイの結び目が視界に入り、ギュッと両手を握り締める。

見慣れないスーツ。夜の街で、あの女の人と一緒だった三笠。仲よさそうに肩を並べていた二人の姿が、目の前に浮かぶ。

周良は、クリニックにいる三笠しか知らなかった。

……けれど、三笠には三笠の世界があり、女性とデートすることもあるのだと、目前に突きつけられた。

高校生からは現金を受け取れないから、権兵衛の治療費としてアルバイトを……と、言い出したのは三笠だ。

でも、自分がクリニックに行かなくても……三笠にはなにひとつ支障などないはずだと、重苦しい気分になる。

「チカくん。子供じゃないんだから、だんまりは通用しないよ。それに、いくら待っても僕は諦めて引き下がらないから、早く口を割ったほうが得策だ」

逃げることは許さないと、いつになく強い調子で答えを迫ってくる。

苦しい。喉の途中で、息が詰まっているみたいだ。

深夜のクリニックで黒猫の耳を模した髪飾りを着けられ、『チカ猫』と呼ばれてスキンシップを図られていた時は、心地よさや安堵さえ感じていた。でも、今の三笠の腕の中は、周良にとって拷問みたいだった。

心臓の動悸もどんどん激しくなり、苦しさについに限界が来た。

唇を一度強く噛み、開き直った気分で言葉を発する。

「だってっ！　アンナコトの後じゃ、いくらおれの神経が図太くても、のこのこ顔を出せるわけがないだろっ！」

ふてぶてしい言い方を試みたつもりだった。なのに、言葉尻がほんのわずかに揺らいでしまう。

三笠は、それに気づいたのかどうか、静かに聞き返してきた。

「あんなこと？」

「しらばっくれるなよ。忘れたなんて、言わさねーからなっ」

これ以上みっともないことはない。

そう思い、半ば居直った気分で顔を上げた。逆ギレというやつだ。

端整な顔を睨み、怪訝そうな様子の三笠の着ているスーツの襟首を両手で摑んで、唇を重ねる。

「……ッ」

触れたのは、ほんの一、二秒……すぐさま顔を離す。

周良がそんな行動に出るなどと、予想もしていなかったはずだ。三笠は、目を瞠って驚きを表した。

いつも余裕綽々《しゃくしゃく》、泰然自若といった三笠を少しでも動揺させられたのだろうか。

「驚いただろ。ざまーみろ」

ふふん、と。せせら笑ったつもりだった。

けれど、強張った頬は思うように動いてくれなくて、泣き笑いのような不格好な顔になっているに違いない。

三笠から目を逸らした周良は、解放された右手の甲を口元に当てて表情を隠し、よろよろと後ろに足を引いて三笠から逃げた……つもりだった。

それなのに、再び三笠の手が伸びてきて両腕で抱き寄せられる。

「な、なんだよっ。離せって！　立ち直るの、早すぎ……っ」

意表をついたキスに、啞然としていたクセに。どうして周良をこんなふうに抱き込もうとするのだと、ジタバタと身を捩る。

「可愛い女子コーセーや犬猫ならともかく、男子コーセーにキスなんかされたら、気持ち悪いだろっ。おれも、なんか魔が差しただけで、別に三笠さんにどうこうってつもりじゃなかったんだから……」

自分がなにを言っているのか、わからなくなってきた。しゃべればしゃべるほど、泥沼に沈んでいくみたいだ。

もぞもぞ身体を捩る周良から手を離すことなく、三笠が静かに口を開いた。

「権兵衛の治療費、まだ完済じゃないよ？」

「ッ、それは……不足分、現金で払う。それでいいだろっ」

そうすれば、クリニックに行かなければならない理由もない。引き留める必要もないだろう。

だから離せと、上擦った声で訴える。

動揺を隠せない声がみっともないとか、考える余裕もなかった。

同級生や夜の街で遊ぶトモダチからは、『冷めてる』やら『ちょっとオトナ』とか言われているのに、三笠の前では実際の年齢より幼くなってしまったのではないかと不安定な気分になるばかりだ。

この、メチャクチャになって落ち着かない、無様な姿ばかりをさらしてしまう理由が『恋』という感情のせいなら、こんなの知らないほうがよかった。

「意地っ張りというか……予想以上に強情だな。負けた。もう意地悪してないで、僕が折れるかな」

「な……っ、なにが」

「泣きそうな顔をさせて、ごめんね」

「なん……ッ！」

泣きそうな……という言葉に顔を上げて反論しかけたのだが、三笠の唇に言葉を封じられたことで、目を見開いて全身を硬直させた。

今の流れで、どうして……キス？

頭の中が真っ白になり、強張った筋肉が動いてくれない。そうして固まっている周良に、唇を離した三笠は見慣れた微笑を浮かべた。

いつもの三笠だ。と思った瞬間、今度は手足から力が抜けて床に座り込んでしまう。

「チカくんっ？　……大丈夫？」

「なんなんだよ、も……ワケ、わかんない……」

泣きそうな声で零した周良に、三笠は仄《ほの》かな笑みを滲ませたまま手を伸ばして髪を撫でてくる。

犬や猫、『チカ猫』を撫でるのと同じ仕草で、やはり自分は動物扱いしかされないのかと唇を噛んだ。

さっきのキスも、暴れる『チカ猫』への鎮静剤みたいなものか？

その前の、周良の不意打ちキスへの仕返しと言われたほうが、人間扱いなだけマシかもしれない。

「おれ、可愛い猫になんかなれないよ。三笠さんの評判下げるだけだ。ボランティア精神で構われても、嬉しくない」

俯いた周良は、ポツポツと口にして唇を噛んだ。フローリングの床を睨みつけている周良の視界に、三笠の足先が映る。

「評判？　ボランティア……って、なんのこと？」

「しらばっくれんなよ。おれ、聞いたんだ。きっきの女の人と、クリニックで話してただろ。おれなんか、野生動物を手懐けるみたいだ……とか、ガラの悪いコーコーセーが出入りしていたら、客が減るとか。あの女の人に、援助してもらってんじゃないの？　切られたら、ヤバいんだろ。……そういや、あの人どうしたんだよ。彼女を放っておいて、おれなんかに構ってる場合じゃ」

「チカくん。自己完結しないでくれないかな」

いつになく強い口調で、取りとめなく零す言葉を遮られる。

ビクッと肩を揺らした周良は、ますますうな垂れて床の上にある両手を握り締めた。

その手を、三笠の手に握り締められる。

「立ち聞きするなんて、悪い子だな。……誰に聞いたのか知らないけど、彼女とは疾《やま》しい関係じゃないよ。このクリニックを譲り受けた恩師のお孫さんで、確かに資金援助は受けたけどビジネスとして対等な契約を結んでいる。それ以前に、幼馴染みでね……好き勝手、言いたい放題なんだ」

「………」

無言で三笠の言葉を聞いていた周良は、じわっと目を見開いた。フローリングを見据えたまま、たった今聞かされたことを頭の中で整理する。

つまり、純粋な資金援助という事実が、歪曲されて広がってしまっただけということだろうか。

人当たりと女性受けのよさそうな三笠の雰囲気や容姿が、下卑た噂に奇妙な信憑性《しんぴょうせい》を持たせているのかもしれないが……。

「わかった？　ついでに、少しばかりガラのよくない高校生が出入りしているからって、患畜さんが来なくなるような腕じゃないつもりだ。強面《こわもて》のヤクザさんとかだったら、いくぶん影響があるかもしれないけどね。愛犬家のヤクザさんのかかりつけ医もしているけど、あの人たちは逆に気を遣ってクリニックには来ないよ。なにかあれば、こちらから往診してる」

ポンポンと手の甲を軽く叩かれて、のろのろ顔を上げた。

周良の前にしゃがみ込んでいる三笠は、「きちんと頭に入った？」と微笑を深くする。

「ん……変な誤解、してて……ごめん。でもおれ、やっぱり治療費の残りは現金で払う。三笠さん、気持ち悪いだろ」

「気持ち悪い……って？」

周良の言葉に、端整な顔に浮かべていた微笑を消した三笠は、わずかに首を傾げて聞き返してきた。

「おれ、三笠さんのこと、キスとかしたい意味で好きなんだよ。感心しない、ってすげー嫌そうな顔したじゃんか。近くにいたら、もっと色々したくなるかもしれないし……そんな猫、迷惑だろ」

あの時の三笠を思い出せば、胸の奥がひんやりとしたものでいっぱいになる。

三笠への想いを自覚して、認めてしまった今となっては、もう衝動を抑える自信がなかった。

無防備な三笠を前にしたら、ふらふらと手を伸ばしてしまいそうだ。

「感心しない、か。そりゃ……好意を持っている相手にキスされたのに、たまたま近場にいただけで誰でもよかった、なんて言われたら拗ねたくもなるでしょう？　僕じゃなくてもよかったのか、ってグサリと刺さったよ」

三笠は、あんなふうにショックを受けたのは久々だった……と苦い顔でつぶやいて、自分の胸元を示す。

「いい歳して、好きな子の言葉に動揺するなんて……ね。若いチカくんにつられたみたいに、不器用な反応をしちゃったことには反省してる」

好意を持っている相手。好きな子。

三笠は身構えることなく自然に口にしたけれど、周良は頬を引き攣《つ》らせて首を横に振った。

すんなりと受け止めて、喜んだりできない。

「好き……って、嘘だろ。おれなんて、猫扱いで……」

「いくら僕でも、猫には欲情しないなぁ。色々したくなる、って大胆な発言を聞いたけど、どんなこと？」

クスリと笑われて、頭にカーッと血が上った。

周良はいっぱいいっぱいなのに三笠には余裕があるのだと、悔しくて堪《たま》らなくなる。好きという言葉の信憑性も、やはりあやしい。

「……っ、本気にしてねーだろっ。ガキだからって、なめんなよっ」

強い口調で言い放った周良は拳を覆っていた三笠の手をバッと振り払い、スーツに包まれた肩に手をかけて強く押した。

しゃがみ込んでいた三笠はあっさりとバランスを崩し、背中からフローリングに転がる。

「ッ、いてて」

背中をぶつけたらしく、顔を顰めた三笠を見下ろした周良は、小さく「ゴメン」とつぶやいて言葉を続けた。

「これまで、自分からこんなふうにしたいなんて、誰にも思わなかったのに」

三笠だけ。こんな衝動に駆られたのは初めてだ。

最後のほうは、頼りなくかすれた声になってしまった。

震えそうになる唇を噛み、三笠が言い返してくる前に手を伸ばす。

三笠の胸元にあるネクタイを摑み、解《ほど》こうとしたけれど……思うように、指先に力が入らない。

もどかしさに舌打ちをして、ギュッと眉を寄せた。

「っ、くしょ……」

なにをしても、みっともない。

どんなこともそれなりに無難にこなしてきたつもりなのに、三笠に関することだけは思い通りにならない。

「一生懸命なところに、水を差して悪いけど……床の上は遠慮したいな」

周良がみっともなく足掻いているのに、三笠は、相変わらず余裕の滲むのんびりとした口調だ。

温度差を突きつけられているみたいで、強張った指先がひんやりと冷たくなる。

「……ッ」

三笠のネクタイを握ったまま動きを止めた周良の手に、三笠がそっと指先を触れてきた。

「衝動に流されるなんていうのは、卒業したつもりなんだけど……若いチカくんの熱に、煽《あお》られたかな。言葉で好きだと言っても信じてもらえないみたいだし、わかりやすく伝えさせてもらおう。……ボランティア精神や動物相手のつもりじゃ、セックスはできないって……さすがにわかるよね？」

生々しいイメージのなかった三笠の口から、そのものズバリな単語が出たことにドギマギした。

周良たちが仲間内で話している時は、あけすけなようでいて『エッチ』だとか『ヤル』だとか、それとなく誤魔化すことが多いのだが……三笠は自分たちとは違う。年齢を重ねた大人なのだと、変なところで再認識させられた。

どんな表情をしているのか確かめたくて、恐る恐る逸らしていた目を向ける。

「…………」

いつもの飄々とした笑みを浮かべている、と決めつけて視線を絡ませたけれど……三笠は真摯《しんし》な眼差しをしていた。

周良は色んな意味で予想を覆す三笠に返す言葉を失い、覆い被《かぶ》さったままの体勢で顔を強張らせる。

「移動に異議はない？　ベッドルーム、あっちなんだ」

視線で示した三笠は、腹筋だけで上半身を起こして周良の手を取った。

後には、引けない。周良は奥歯を噛み、三笠に促されるまま立ち上がっておずおずと足を踏み出した。

ベッドルームに入った三笠は、自然な仕草でスーツの上着を脱ぎ捨てて、自らの手でネクタイを解く。指がシャツのボタンにかかったところで、ぼんやりと眺めていた周良はハッと我に返った。

「お、おれに脱がせろよ」

「……どうぞ。じゃあチカくんは、僕が脱がせていいかな」

ベッド脇に立ち、向かい合った状態で互いの服に手を伸ばす。

色っぽい空気が漂うべき場面だと思うけれど、周良の心境としては競っているような気分だった。

三笠のシャツを剝《は》ぎ取ろうとしたところで、周良が着ているシャツはボタンをすべて外され肩から滑り下ろされ……思うように主導権を握らせてもらえない。

なんとか三笠の上半身を露《あら》わにしたところで、細身に見えていた三笠が意外と鍛えられた体軀を有していることに気がつく。

胸元も、肩の辺りも、上腕も……過剰なものではないが、しっかりとした筋肉に覆われている。

「三笠さん、なんか、鍛えて……る？」

手を止めて鎖骨あたりに視線を泳がせた周良は、ポツリとつぶやいた。

視界に入る自分の腕と、三笠の腕の太さが目に見えて違う。こうして並ぶと、自分が貧相な身体をしているのだと否応なく突きつけられて面白くない。

「ジムに通う時間はないし、特別なことはしてないけど。大型犬だと、七十キロ以上の子とかいるからね。抱き上げて診察台に乗せたりしていると、自然と筋トレしている状態になるのかもしれないな」

サラリと答えた三笠は、手の動きを止めることなく周良のジーンズに伸ばしてくる。硬いボタンを器用に外し、驚くほど手早くフロントを開放されてしまった。

「っ、ちょ……と待て、よ。三笠さん、っ……おれだけっ」

ぼんやりしていたら、周良だけがどんどん服を脱がされていく。三笠の手を掴んで制止しようとしたけれど、逆に握り込まれてしまった。

「チカくん、前から気になってたんだけど」

「な、なにっ？」

「よそよそしい名字にさん付け、やめない？　微妙に距離を感じて、淋しいな。僕の名前、知ってるよね？」

「は……ぁ？」

それは、今、言うべきことだろうか。

思わず珍妙な一言を漏らした周良は、目の前にいる三笠を見上げる。目が合った三笠は、真顔だった。

「……千里、おれだけ剝《む》くなよ」

名字に『さん』をつけていたのだから、名前にもつけるべきかとチラリと頭に過ったけれど、呼び捨てを選択した。

よそよそしいと言われたから……というのは言い訳で、あの女の人が親しげな呼び捨てだったことが引っかかっていたのは否定できない。無意味に張り合おうとする自分が無様で、顔を顰めて三笠から目を逸らす。

「うーん……不器用な『千里』、可愛いなぁ。せっかく可愛く呼んでくれたけど、要望は却下させてもらう。そろそろ、悠長にしていられなくなってきた。こんなふうに、急いた気分になるなんて……ね」

後半は、なんとなく苦いものを含んだ、自嘲が滲んだ声だった。

飄々とした調子なのに、急いた気分という言葉のギャップが不思議で、逸らしていた視線を戻す。

「か、可愛くなんかないだろっ」

ふてぶてしい呼び捨てだ。しかも、そう口にした周良は、ものすごく嫌そうで不細工な顔をしているはずだ。

どこが可愛いのだと、睨むようにして反論する。

「残念ながら、可愛いんだ。僕にとっては、最初からずっと可愛いけどね。意地を張って、突っ張っているようで……実は生真面目で責任感が強い。犬や猫が苦手だって言うけど、嫌いだからじゃないよね？　小さくて、傷つきやすくて……触れるのが怖いだけだ」

三笠はマイペースでしゃべりながら、周良をベッドに誘導する。

肩を押されて、ストンとベッドに腰を下ろした周良は、両手で拳を握って正面に立つ三笠を見上げた。

「ッ……、勝手に決めつけんな。そんな、繊細じゃねー……」

「うん、勝手な決めつけだ。でも、僕にとってはそうだから、いいんだよ」

微笑を浮かべた三笠は、背中を屈めて周良に顔を寄せてきた。改めて至近距離で目にした三笠は、やはり綺麗な容貌をしていて……ドギマギと瞼を伏せる。

唇が触れ合ったと思った直後グラリと身体が揺れて、気がつけばベッドに背中を押しつけられていた。

残っていた下肢の服を手際よく脱がされ、スラックスのベルトを抜いている三笠に目を向ける。

「おれ、が脱がせる……って」

「それは、次の楽しみに取っておく。少しでも早く、チカくんに触りたくて……待てなくなった」

伸ばしかけた手を摑まれて、ベッドに押さえつけられた。

明るい光を放つ天井のシーリングライトを背に、周良を見下ろしてくる三笠を見上げ……うろうろと視線を泳がせる。

この体勢、なんだか……少し、嫌かも。組み敷かれるのが、こんなに居心地の悪いものだとは知らなかった。

「みか……千里、なんでおれ、押し倒されてんの？」

「え？　……チカくん、僕を押し倒すつもりだった？」

意外そうな顔と声でそう返されて、周良は目を瞠った。

この人は、リビングで周良に押し掛かられたことを忘れている……というより、気にも留めていないのか？

「あ、当たり前だろっ。なんで男に押し倒されたいとか、思うんだよ。おれは……っ」

「そっか、チカくんも男の子だもんなぁ」

驚きから立ち直ったのか、小さくうなずいた三笠は片手で周良の手を押さえつけたままもう片方の手で首元に触れてくる。

顎の下、喉元……うなじに、鎖骨の上あたり。するすると移動するあたたかい手に、ゾクゾクと肌が粟立った。

「ッ、ぅ……ん」

不快なわけではないのだから、鳥肌とは言えない。

では、この肌がくすぐったいような感覚の正体はなんだろう？

奥歯を嚙み締めて戸惑いに目を泳がせる周良を見下ろし、三笠が言葉を続ける。

「チカくんを可愛がりたいんだ。嫌なら、殴って逃げればいい」

「……ズル、ぃ。そんなふうに、言われたら……っ」

嫌ではないのだから、殴れるわけがない。

それ以前に、コーイチとのやり取りを目の当たりにしたことで、自分では三笠に敵わないとわかっている。

落ち着かない心地でもぞもぞ身動ぐ周良の身体に、三笠はそっと手を這わせ続ける。

「ぁ、ッ……ン、ぅ」

気を抜けばうっかり妙な声を零してしまいそうで、周良はビクビクと身体を震わせながら奥歯を嚙む顎に力を込めた。

こんなはずじゃなかった。でも、三笠に触れられるのは嫌ではない。

現状と願望が、ピッタリ合うようでいて微妙にずれていて、周良の混乱は増すばかりだ。

「こうして軽く撫でているだけで、ゴロゴロ喉を鳴らすのに……僕をどうにかするつもりだった？」

「なっ、ぅあ！」

目を見開いて反論しようとしたのだが、腿《もも》の内側を撫で上げてきた手に大きく身体を震わせて、ベッドから背中をはね上げた。咄嗟に膝を閉じようとしたけれど、いつの間にか三笠の脚が割り込んでいて触れてくる手を拒めない。

変だ。三笠の指先から、電気を流されているみたいで……どこをどう触られても、過剰に反応してしまう。

周良の抵抗が鈍いのを幸いとばかりに、三笠は遠慮なく手を這わせた。

「ほら、触られるの気持ちいい……って、教えてくれてる」

かすかな笑みを含んだ声でそんなふうに言いながら、三笠に触られることを悦《よろこ》んでいる『証拠』を手の中に包み込む。

どんなに否定しても、隠せない。周良は泣きたいような頼りない気分になり、唇を震わせた。

翻弄される一方なのは、悔しい。でも、反撃する隙は皆無で……今の自分は、俎板《まないた》の鯉《こい》というやつだ。

せめてもの抵抗とばかりに、重く感じる右腕を上げて顔を隠しながら情けない泣き言をつぶやいた。

「ぃ、意地悪だ」

こんなふうに意地悪な人だなんて、知らなかった。

泣き落としではないけれど、こうして責めたら三笠は手加減してくれるかと思ったのに……周良の思惑は、またしても裏切られる。

「ごめんね。意地っ張りなチカくんが可愛いから、つい意地悪なことをしてバリケードを崩したくなるみたいだ。泣かせて、僕に縋《すが》りつかせて……素のチカくんを見たいな」

「ゃ……ぁ！」

屹立《きつりつ》を包む指に、じわりと力が込められる。

器用な指はあっさりと周良の弱点を探り出して、そこばかり集中的に触れてくる。

「ッん、ン……っっ」

身体が震えるのを止められない。心臓が壊れそうなほど鼓動を速めていて、耳の奥でドクドクと響いている。

引っ切りなしに熱が湧き、思考まで焼き尽くそうとするみたいだ。

「ぁ！」

「ダメだよ。顔も、声も……隠さないで、全部、僕にだけ見せて」

屹立を包んだ手はそのまま、もう片方の手で顔の上を覆っていた腕を取り上げられ、頭の脇に押さえつけられた。

咄嗟に瞼を閉じて顔を背けたけれど、射るような視線を感じる。触れてくる手の、直接的な刺激と……ジリジリするような視線。どちらが、より周良を乱れさせているのかわからなくなってきた。

怖いほど容易《たやす》く快楽の頂点へ押し上げられそうになり、踵《かかと》がベッドの上を滑る。

「ゃ、だ。も……なんでっ、っおれ……、ぁ、ぁ……」

取り繕う余裕など皆無で。

周良は、涙声がみっともないと思う余裕もなく、惑乱のまま意味を成さない言葉を零した。

「大丈夫。可愛いね。……周良」

促す響きで名前を呼びながら、屹立に絡ませた指を複雑に動かされる。

「っあ！」

目の前が真っ白に弾け、周良はグッと喉を反らして身体を強張らせた。そのあいだも、三笠の指は宥《なだ》めるように触れてくる。

「……ッ、ふ……っ」

空白の時間から戻った周良は、そろそろと詰めていた息を吐き、放心状態で浅い呼吸を繰り返した。

「そのまま、ぼうっとしていてくれるかな」

三笠の声は、薄い膜を通して聞こえるみたいだ。

言われなくても、動けそうにない……とぼんやり考えた直後、力の入らない脚を更に割り開かれる。

その奥に指先を滑り込まされ、双丘の狭間《はざま》へと押しつけられて目を瞠った。

「え……ぁ！　やっ、な……に。なに……が」

掠《かす》れた声で狼狽を表す周良に、三笠はどこか苦しそうな声で答えた。

「いい子だから、暴れないで。自分でもどうかと思うけど、泣いても、やめてあげられそうにない。傷つけたくないんだ」

戸惑いに視線を泳がせると、ぼんやりと霞む視界に三笠の顔が映る。

熱……露骨に言えば、欲情を隠そうとしない潤んだ瞳で、周良を見据えていた。そんなふうに欲望を剝き出しにした空気を纏う様は、いつもの三笠とは別人のようで……。

かすかな怖さと、それ以上の歓喜が胸の内側で複雑に渦巻く。

周良がどんなに突っかかっても、マイペースを乱すことなどなく、いつも飄々としていて余裕を感じさせる。

そんな人が、自制心が利かないのだともどかしそうに零し、苦い顔をしているのだ。

戸惑っているのは自分だけでないと知り、不思議な安堵のようなものが込み上げてきた。

「は……っ、も、なんでもい……や」

「チカくん？」

「千里が好きだよ。おれがどんなになっても、可愛いって言ってくれるなら……どうやってもいい」

周良は、三笠の言う『可愛い』を否定し続けていた。今も、どう考えても可愛いとは思えないが、三笠にとってそうであれば……いいか。

唇に浮かべたのは諦めの滲む苦笑だったかもしれないけれど、三笠は小さく嘆息して眉間の皺を解いた。

「……そんな、格好いい周良が、可愛くて好きだ。惚れ直したかな。今までよりもっと、ドキドキするよ」

ストレートな言葉の数々に、周良こそドキドキする。

やっぱり、三笠には敵わない。

「おれだけ、みっともないの……ヤダからな。千里も、全部……見せろよ」

「うん。……ありがと」

うなずいた三笠は、周良の額に唇を押しつけると、後孔に押し当てて動きを止めていた指にジワリと力を込める。

「……ン」

周良は、これまで経験したことのない異物感と奇妙な鈍痛に唇を噛んで、下肢から意識して力を抜いた。

ゆっくり粘膜を探る三笠の長い指からは、細心の注意を払って触れてきているのだと、伝わってくる。

「やっぱり、滑りが足りないな」

独り言の響きでつぶやいた三笠が指を引き抜き、少し間を置いて再び指先を潜り込ませてくる。

「ぁ！」

その指が、これまでになく滑らかに挿入されたことに驚いた周良は、ビクッと肩を震わせて目を見開いた。

「怖がらなくて大丈夫。ただのハンドクリームだから。……変なものじゃないよ」

「っで、でも……ぁ、なん……か、変だ……っ。ぁ……ぅ、あ！」

苦痛なら、耐えていればそのうち終わる。でも、この……たとえようのない未知の疼きは、堪らなく怖かった。

動揺に視線を泳がせて身体を震わせる周良をよそに、三笠は指の数を増やしてぬめりのあるクリームを馴染ませる。

「っふ、ぁ……あ！　ゃ……」

「ヤ、じゃないよね？　苦痛じゃないって、わかる」

「ぁ、ぅ……んんっ、も……いいから、指、やめ……っっ」

身体の内側に湧いた熱の塊が、どんどん膨れ上がる。全身を包み込み、肌を焼き尽くそうとするみたいだ。

周良は、このままでは、また自分だけ翻弄されて終わってしまいそうだと頭を振り、三笠の肩を引っ掻いた。

「千……、千里っ。もぅ、お願……っだから」

ぼやけた視界に三笠の顔を映して、夢中で訴える。上擦った声や、涙の滲む目をみっともないと考える余裕など皆無だった。

三笠からの答えはなかったけれど、深く挿入されていた指が抜き出されて、グッと膝を摑まれる。

指より遥《はる》かに熱い……そう思ったのとほぼ同時に潜り込んできた熱塊に、グッと喉を反らした。

「ッ！」

「……ん、苦しい……よね？」

「ぃ、じょ……へーキ……だ、から。やめ……んな、よっ」

忙しなく息をつきながら、三笠に向かって両手を伸ばす。

周良の意図を察したのか、上半身を倒した三笠が身体を重ねてきて、体勢的に苦しさは増したけれど密着した胸元から伝わる体温にホッとした。

「っい、い……よ。すげ……千里を、感じ……る」

わかりやすい快感ではなく、三笠の存在を感じられるだけで心身ともに満たされていた。

背中に縋りついて訴えると、三笠が息をつくのが伝わってくる。

「君って子は、あー……勝てないな。でも、我慢だけさせるつもりはないから」

「え……ぁ！」

指で慣らされた粘膜は、じっくりと押しつけられる熱塊を拒むのではなく……存在を確かめるように絡みつくみたいだった。

今まで周良が知らなかった強烈な熱が、ゾクゾクと引っ切りなしに背中を這い上がる。

「な……にっ、ぁ……あっっ」

「怖くないから。ここだと……もっと、いいかな」

「ゃ！　ぁ、それ……っ、そ……こ、あっ、あ……あっ！」

目の前が、白く霞む。身体が宙に浮いているみたいで、怖くて……怖いのに、その原因である三笠にしがみついた手を離せない。

もう、自分が何を口走っているのかもわからない。

「周良。……可愛い、好きだよ」

「やだ、も……言う、なっ」

耳元で繰り返し「好きだ」と告げる三笠の声は、いつになく熱っぽくて……それだけで切迫感が増す。

惑乱のまま薄く目を開くと、食い入るような眼差しで周良を見据える三笠の顔が視界に飛び込んできた。

端整な顔に滲む表情は、余裕などない……夢中なのだと言葉ではなく語っている。

視線が絡んだ瞬間、これまでになく大きな波に呑み込まれてギュッと瞼を閉じた。

「ふ、ぁ……ぁっ！」

「ン……」

背中を反らして身体を震わせる周良を、三笠は強く抱き締めてくる。波にさらわれそうな恐怖を、力強い腕が拭い去ってくれる。

初めて身に受ける強烈すぎる蠱惑《こわく》に、全身を包まれて……詰めていた息を吐き出したところで、プツンと意識が闇色に染まった。


「ん……んっ？」

喉元がくすぐったくて、微睡《まどろ》みから引き戻された。

腫《は》れぼったく感じる瞼を押し上げると、三笠の顔が思わぬ近さにあってビクッと身体を震わせる。

「えっ、あ……れ？」

一瞬、自分がどこにいるのか……どうして三笠と密着しているのか、わからなかった。目をしばたたかせる周良に、三笠はクスリと笑みを浮かべる。

なんとなく含みのある微笑で、瞬時に記憶がよみがえった。

「ッ、おれ……猫じゃないんだけどっ」

カーッと顔が熱くなり、喉元をくすぐる三笠の手を払い除ける。

触られるのが嫌だったというよりも、散々痴態を晒《さら》したことを思い出してしまったことで恥ずかしくて堪らなくなったのだ。

そうして照れ隠しの八つ当たりをしたのだと、三笠はお見通しだったに違いない。棘のある周良の言動に気を悪くした様子もなく、静かに口を開く。

「身体、拭《ふ》いておいたけど……気持ち悪くない？」

「なんとも、ない」

三笠と目を合わせられない。

この飄々とした人が、あの時にあんなふうになるなんて……詐欺だ。当然のように押し倒す気だった自分の無謀さを、嫌というほど思い知らされてしまった。

「無断外泊、させちゃったね。大丈夫かな。お家の人に、説明しようか？　もちろん、本当のことは言えないけど……アルバイトの後、疲れていたみたいで寝てしまいました、って」

今が何時かわからないが、無断外泊という言葉からして深夜……もしかして、早朝なのかもしれない。

そうして気遣ってくれる三笠に、首を横に振った。

「大丈夫だって。おれがどこでなにしてようが、母親にとってどうでもいいだろうし。今更、朝帰りを怒られることもない」

「……そう？」

「彼氏といちゃつくのに、邪魔モノがいなくてせーせーしてる」

勢い余って、余計なことまで言ってしまったと唇を引き結ぶ。

そっぽを向いていると、三笠の手が前髪に触れてきてピクンと肩を震わせた。

「チカくん、自分を邪魔モノとかって決めつけたらダメだよ」

「ホントのことだし」

「……本人から言われたわけじゃないんだろ？」

「そ……だけど」

今までなにも言わなかったくせに、こんなカンケイになったからといって、オトナ顔で説教する気か、と身構える。

さぁ。言ってみやがれ……と嘲笑する準備をしていたのに、三笠は無言だった。

沈黙に息苦しさを感じて、チラリと目を向ける。こちらを見ていた三笠とまともに視線が合ってしまい、慌てて顔を背けた。

……真顔だった。なのに、言葉はない。

「なんだよ。なんか言えよ。……邪魔で、イラナイって言われたらあんたが拾ってくれるの？　チビたちみたいにさ」

ボソボソ口にすると、三笠の手に髪をかき乱された。

犬や猫を撫でている時とまったく同じ手つきで、ムッとした周良は頭を振って「やめろよ」と苦情を訴える。

「僕の出番なんかないだろうけど、万が一チカくんが行き場をなくしたらウチの子になればいいよ。権兵衛も喜ぶ」

「……権兵衛？」

「うん。あの子は、このままクリニックの看板犬になってもらおう。社交的で、性格がいいから預かりの子とケンカをすることもないし、子犬や子猫の面倒見もいい」

「いい……の？」

権兵衛の怪我が治れば、どうなるのか……気になりながら、返ってくる答えが怖くて三笠に確かめることができなかった。

周良にとって、きっと権兵衛にとっても最善で一番嬉しい結末だけれど、三笠はそれで本当にいいのだろうか？

「僕は院長様だからね。なんといっても彼は、僕らのキューピッドだ」

「キュー……」

成人男性が口にするには、ずいぶんと可愛らしい単語だ。周良は、こっぱずかしくて言葉にできない。

でも、三笠が言うと変な違和感がないあたり……やはりこの人は、いろんな意味で恐ろしい。

「権兵衛の治療費、完済じゃないなんて意地悪を言ったけど、本当はもう充分なんだ。でも、これからも夕食や夜の散歩につき合ってくれる？」

「おれは……いいけど。千里の迷惑じゃないなら」

自分がクリニックに出入りすることで、三笠のマイナスにならなければいい。

夜の街に自分の居場所はもうないと思い知ったし、あそこで時間を消費するなら犬の散歩をするほうがずっと有意義だ。

「僕がお願いしているんだよ。……まぁ、あまりスタッフに逢わせたくないけど」

「……やっぱり、迷惑なんじゃん」

スタッフに逢わせたくない、という一言は深く胸に突き刺さった。

口ではそう言いながらも、三笠は否定してくれるに違いないと期待していた。そのことを突きつけられる。

「そうじゃなくて、チカくんを独り占めしたいだけ。君がこんなに可愛いと知ったら、彼女らは絶対に喜んで弄《いじ》り回すから。僕だけのチカ猫でいてほしいな。チカ猫を可愛がるのは、僕だけでいい」

「っ……バカだろ……」

頭を抱き寄せられて、眉間に皺を刻んだ。

三笠のことだから、冗談や巧みな言葉でガラの悪い周良をスタッフに逢わせないよう根回ししようとしているのではなく、本気でそんなふうに思っているのだとわかる。

変な人。変なオトナ。……その変な人を好きな自分も、かなり変なのかもしれないけれど。

「おれ、可愛い猫じゃない……よ。反抗して引っ掻いたり、気まぐれにそっぽ向いたり……大人しく可愛がられてなんてやらないからな」

言いながら、三笠の手にカリカリと爪を立てる。

素直に甘えられない。可愛がられるだけの存在でいたほうが、きっと楽なのに……なけなしのプライドと意地が邪魔をする。

「うん？　それが、ニャンコの可愛いところでしょ。プライドが高くて……クールな顔でツンとしている時と、喉を鳴らして身を任せる時のギャップが堪らなく可愛いね」

のんびりとした調子でそう口にして、軽く耳朶《みみたぶ》に歯を立ててくる。

負けた。完敗だ。

周良自身は、どう考えても可愛い猫とは思えないけれど……三笠がこれでもいいのなら、仕方がない。

周良はもう何も言えなくなり、大きく息をついてそっと身を任せた。

三笠の前でだけは『チカ猫』になってやるかぁ……と、諦めと幸せの滲む微笑を浮かべて。

可愛い猫は独り占め

「先生、本当にありがとうございました。もう、どうなることかと……」

「これで大丈夫だとは思いますが、もし様子が変わるようなことがあれば夜中でも構いませんのでご連絡ください」

「はい。ほら、ユウくんも」

母親に促された少年が、唇を引き結んで軽く頭を下げる。小学校五年生だという少年は、人前で大泣きしてしまったことが照れくさいのだろう。

微笑を浮かべて手を振った三笠《みかさ》から、不機嫌そうな表情でふいっと顔を背《そむ》けると、犬のリードを握って診察室を出て行った。

母親は、その背中に向かって「こらっ」と小さく叱責し、何度も三笠に頭を下げて少年の後に続いた。

あらかじめ精算を進めていたのか、すぐに受付にいるスタッフとの会計のやり取りが漏《も》れ聞こえてくる。

「お疲れ様でした。簡単に片づけしたら、あとは明日に回して帰っちゃっていいよ」

医療用の使い捨て手袋を外しながら、診察台の消毒をしている看護師に声をかける。扉の向こう、受付カウンターのある待合室からは、出入り口の扉に施錠をしてカーテンを引いている音が聞こえてきた。

「はーい。先生も、お疲れ様でした」

三笠に答えて廃棄用のビニール袋に使い終えた手袋や布巾を入れた看護師は、チラリと壁の時計を見上げた。

つられて視線を向けた時計の針は、二十時を少し過ぎたところを示していた。

診療の終了間際に駆けこんできた患蓄さんがいたことで、今日はいつもより遅くなってしまった。

「あの子、大したことがなくてよかったですね」

「うん。散歩中の拾い食い事故は、飼い主さんに注意してもらうしかないからなぁ。これからは気をつけるだろうし、いい勉強になったと思うよ」

本日最後に診察した急患は、散歩中の公園で落ちていたハンバーガーを食べてしまったというラブラドールレトリバーだった。母親にユウくんと呼ばれていた少年が一人で連れていたそうで、うっかり目を離した隙《すき》に口にしてしまったらしい。

ただのパンならよかったのだが、ハンバーガーはパティに使用されている玉ねぎに問題があるのだ。犬が玉ねぎを摂取すると、中毒症状を起こして身体《からだ》の小さな犬種だと命に係わることもある。

幸い今回は、大型犬だったことと食べた量が少なかったこと、すぐに点滴治療が行えたことで事なきを得た。

点滴を受けている犬を撫《な》でながら、自分のせいだと泣きじゃくっていた少年は可哀想だったけれど、これからは充分に気をつけて散歩をすることだろう。

「じゃあ、失礼します」

最後まで残っていた看護師が、受付の女性スタッフと共に控室へと向かう。

この時間だと、『彼』と鉢合わせしてしまうかなぁ……とチラリと頭を過《よぎ》った。彼女たちが、早々に帰宅準備をして帰路についてくれるよう、声に出すことなく念じる。

三笠の心の声が伝わったわけではないと思うが、彼女らは手早く着替えを終えてくれたらしい。控室のドアが開く音に続いて、裏口へと向かう足音が聞こえてくる。

うまく行き違いなるかと安堵《あんど》した直後、裏口のあたりからすっかり耳に馴染《なじ》んだ、ぶっきらぼうな声が聞こえてきた。

「あ……っ、どうも」

あと少しのところで、遭遇してしまったらしい。小さな声でつぶやく『彼』に、看護師たちが答える。

「あら、こんばんは。先生、まだ診察室にいるよ。今日は制服なんだ？　もう衣替えかぁ。夏服、爽やかだねー」

「……うん。お邪魔、します」

控えめに答えた『彼』の表情が目に浮かんで、思わず口元が緩む。

きっと、友好的に話しかけられたことに対する戸惑いと衣替えしたばかりの制服姿を指摘された照れが複雑に入り混じっていて、なんとも庇護欲をそそる可愛《かわい》い顔をしているに違いない。

彼女たちも同じように感じたのだろう、抑え切れない笑みを含んだ声で「バイバイ、またね」と言い残して裏口を出て行くのがわかった。

少し前、同じ少年のことを「ガラの悪い高校生」と眉《まゆ》を顰《ひそ》めていたくせに……。

無愛想なのは、照れ屋だから。ツンツン突っ張っているようでいて、その棘《とげ》はハリネズミのものと同じで、丸くなって必死で自己防衛をしているだけなのだ。繊細で、傷つきやすくて……虚勢がどこか痛々しい。

そんな『彼』の本質が見え始め、途端に好ましく感じているらしい。

髪の色を落ち着いたダークブラウンに染めたことに加えて、これまで着崩していた制服をある程度整えるようになったことで、外見の印象の陰に隠れていた本来の綺麗な容姿に目が行くようになったのも大きな要因だろう。

これまで、内面や外見をひっくるめた『彼』の長所を知っているのは、自分だけだった。

できれば、可愛い『彼』のことは独り占めしたかったのに、残念だ……というのは、エゴイスティックな感情だろう。『彼』のためを思えば、誤解が解けるのは決して悪いことではない。

理性ではそこまでわかっていながら、感情の部分では納得していない。大人げなくも心の狭い自分に、三笠はひっそりと苦笑を滲《にじ》ませる。

耳を澄ませていると、足音が近づいてきて、斜め後ろから遠慮がちな声が聞こえてきた。

「……千里《せんり》。預かりの犬、二匹だけだよな。おれ、散歩に行ってくるけど」

看護師たちから診察室にいると聞かされ、仕事モードの三笠を目にしたためだろう、自分一人で散歩を引き受けようかと尋ねてくる。

夜の散歩は、三笠にとって気分転換であると同時に、『彼』との貴重なコミュニケーションタイムでもある。

気遣いはありがたいが、申し出を受けるわけにはいかない。

「いらっしゃい、チカくん。もう終わったから、大丈夫だよ。着替えるから、ちょっとだけ待ってもらえるかな」

振り向いた三笠は、眼鏡《めがね》を外してデスクの上に置いた。

彼女たちの言う通り珍しく制服姿の少年と目を合わせ、白衣の胸元を示すと、彼はコクンとうなずいて一時預かりの犬たちがいる部屋へと踵《きびす》を返す。

夏服の白い半袖《はんそで》シャツから伸びるしなやかな腕や首筋に、清潔感と同時に色香を漂わせていて……とても眩しい。

チカくん……フルネームは、河原周良《かわはらちから》。三笠が口にする愛称に初めは反発していたのだけれど、反論しても無駄だと抵抗を諦《あきら》めたようだ。

なんとなく、いつもより雰囲気が堅いのは……周良が苦手としているらしい看護師たちと、鉢合わせしたせいだろうか。

その様子に小さく首を傾げた三笠は、デスクのライトを落とすと、どことなく急いた気分で白衣から袖を抜きながら診察室を出た。


周良と一緒に夕食をとり、一時預かりの犬たちの散歩を終えると、休憩室のソファでゆったりとした空気の中に身を置く。

特別な、なにかをするでもない。

周良は権兵衛《ごんべえ》を連れ出して遊んでいることもあるし、最近では参考書や学校の教科書を持ち込んで自習していることもある。テキストに向かう横顔は凛々《りり》しくて、その真剣な眼差《まなざ》しに三笠が密かに感嘆の息をついていると周良は知らないはずだ。

一度だけ、さり気なく「動物看護師って、難しいのかな……」と小さく零すのを聞いたときは、つい心の中で拳《こぶし》を握った。以来、いつ将来の就職先として名乗りを上げようかと、機会を虎視眈々と窺《うかが》っている。

一方の三笠は診察室から持ってきたカルテの整理をしたり、獣医師会からのメールや書類をチェックして、流行している伝染病がないかリサーチしたり……と、思い思いに時間を過ごす。

周良はもともと口数が多い方ではないので、会話もあまりない。それでも気詰まりを感じることはないし、彼の気配が近くにあるだけで心和む時間だ。日付が変わる頃になれば、周良が「そろそろ帰る」と言い出して、お開きになるのがいつもの流れだった。

夜の空気は静かで、扉の向こう、一時預かりの動物たち用のケージが並ぶ部屋からクンクンと鳴く声が聞こえてきた。

今、あの部屋にいるのは、飼い主が旅行に出るということで宿泊している小型犬が二匹。慣れない環境が不安なのか、飼い主の姿を探しているのか……その両方か。なんとも切ない声を漏らしている。

撫でたり抱き上げたりして、構ってあげるのは簡単だ。ただ、冷たいかもしれないが、甘やかしていてはキリがない。そもそも、彼らが求めている手は自分のものではないのだ。明日の夕方を予定している、飼い主の迎えを待ってもらおう。

そう思って嘆息しようとしたところで、

「……ふぅ」

タイミングよく押し殺した吐息が聞こえてきて、三笠はソファに並んで腰かけている周良をチラリと目に映した。

あくまでも仕事をしているというポーズを取るため、カルテを手にしてはいるけれど、内容はほとんど頭に入ってこない。

ここに来た時も、食事中も散歩中も……彼が、なんとなく沈んだ表情をしていることは気になり続けていた。

ただ、三笠はあえて「なにかあった？」と問い質《ただ》すことはせず、彼から言い出すのを待っている。

十四歳年下、十七歳になったばかりの恋人は、意地っ張りで十代の少年らしいプライドを持っていて……本人が話したくない時に聞き出そうとしても、まず口を開かないとわかっているから。

「はぁ……」

そういうわけで静観を決め込んでいたのだけれど、ぼんやりしていた周良が、また一つため息の数を重ねた。

そして不意に、肩口へともたれかかってきた。

「……チカくん？」

ようやく周良が歩み寄ってくれたことに安堵した三笠は、重みとぬくもりを感じる左肩に顔を向けて、そっと名前を呼ぶ。

首筋に触れる、チョコレートブラウンの髪が少しくすぐったい。

三笠の呼びかけにゆっくりと顔を上げた周良は、一瞬だけ目を合わせると即座に視線を逸《そ》らし、無言で顔を寄せてきた。

「…………」

いつになく甘えたがりな仕草と雰囲気に引っかかりつつ、唇を触れ合わせる。触れると同時に、ピクンと肩を震わせるのが伝わってきた。

周良は、自分で露悪的に語っていたほどこの手のことに慣れていない。こうして三笠が触れると、最初はほんの少し身構えて……徐々に緊張を解《ほど》いていくのがいたいけで何とも愛らしい。

黒猫の耳を模したカチューシャを装着させて『チカ猫』と呼び、スキンシップを図っていた時から、物慣れない様子をこっそり楽しんでいたと告白すれば、周良は怒るだろう。

わずかな怯えと戸惑いの表情を滲ませ、でもプライドの高さからそれをこちらに悟らせないようにキュッと唇を噛《か》み……なんでもない風を装って、密かに拳《こぶし》を握る。

そのくせ、甘えたがりで淋《さび》しがり屋なのだ。

ギャップが堪《たま》らないなぁ、と内心ほくそ笑む自分が、かなりよろしい性格をしているという自覚はある。

初めて逢《あ》った時、車に轢《ひ》き逃げされて傷ついた犬を抱いて、夜の路肩に立ち尽くしていた周良。

年明けからこちら、この近所では野良犬や野良猫が何者かに傷つけられるという事件が何件も発生していた。そのことが頭を過り、犬を虐待したのではと、今となってはあり得ない早とちりで彼を詰問《きつもん》したことは一生の不覚だ。

けれど周良は、誤解されても血を流す犬を置いて踵を返したりなどせず、なんとかしてくれと縋《すが》る目で助けを求めてきた。

プライドを傷つけられたことをひた隠しにして、腕に抱いた犬をひたむきに思う。心臓を鷲掴《わしづか》みにされたような衝撃だった。あの清廉な眼差しは、今も三笠の胸に鮮烈に残っている。

無償の治療になるだろうことは、初めからわかり切っていた。それでも見捨てられなかったのは、自分が獣医師だという職業意識だけではない。強張《こわば》った彼の表情を、わずかでも緩めてあげたかった。

犬と、彼自身のケンカ傷に手当てを施した三笠に、周良は余計なお世話だと言わんばかりの態度だったけれど、全身に棘を纏《まと》って突っ張る様さえ可愛かった……と言えば、周良はものすごく嫌な顔をするだろう。

翌日、もう関係ないとそっぽをむけばいいものを、律儀にも治療費を握り締めてやって来たり……治療費代わりのアルバイトを提案した三笠に、渋々といった顔で、それでも投げ出すことなく毎日通って来たり。

周良を知るにつれ、愛《いと》しくて堪らなくなった。

自分が、バイセクシャルの要素を有していることは学生時代から自覚していたけれど、十代の少年をこうして懐《ふところ》に入れることになるなど想定外だ。

だから、自覚した周良への想いを本人に告げるつもりはなかった。周良が、どうやら自分に好意を抱いてくれているようだと察していても、寝た子を起こさずに済むのならそれに越したことはないと見て見ぬふりをしていた。

甘え方を知らないらしい周良が、自分の傍《そば》で少しでも肩の力を抜くことができるなら……居場所になれるのならそれだけでいいと、大人の仮面をかぶって彼のことも自分自身も騙《だま》そうとしたのだ。

それなのに周良は、うたた寝していた三笠に、こっそり唇を触れ合わせてきた。

慎重な野良猫のような周良の大胆な行動は予想外で、驚きのあまり反応が鈍くなってしまった。が、それでよかったはずなのに……。

周良が咄嗟《とっさ》に口にしたらしい『誰でもよかった。ただの練習』という言葉にカッと頭に血が上り、気がつけばとてつもなく大人げない言動を取ってしまった。

彼が逃げ帰って一人きりになったこの部屋で、苦いものを噛み締めながら頭を抱えて唸《うな》っていたことなど、周良は知る由《よし》もない。

思い知らされたのは、この『恋』という厄介な感情の前では理性のコントロールなど利《き》かない……ということだった。

三十を過ぎるまで、無難に世の中を渡ってきたと自負していたが、それが己の思い上がりに過ぎなかったのだと、目の前に突きつけられたような気分だった。

ベッドの中で寝返りを重ねながら、周良の年齢や社会常識というものについて、迷い、悩み……空が白む頃になり、言葉は悪いかもしれないが『開き直った』。

周良を腕に抱いている今となっては、彼の想いからも自分の想いからも逃げきれると思っていた自分に苦笑いが滲むばかりだ。

こうなれば、たとえ周良が自分から逃げようしても離してあげられる自信はない。

周良は三笠のことを余裕のある大人だと信じているようだから、こんな本質を知られてしまえば所謂《いわゆる》ドン引きをされるに違いない。

当然、そこは年の功というやつで、彼に悟らせるつもりはないが。

「……ふ」

周良が身体を引こうとしている気配を察して、頭の後ろに手を回す。

強引にはしないけれど、逃がす気はないと主張するために引き寄せると、躊躇《ためら》いがちに肩に手を置いてきた。

これが拒絶の仕草ではなく、控えめに甘えているのだととうに知っている。

彼の中にまだ残っているらしい遠慮を払拭《ふっしょく》しようと、触れ合わせている唇の合間から舌を潜り込ませて口づけの濃度を上げた。

「ッ、あ……」

途端に、周良はビクッと肩を震わせて緊張を纏う。

とにかく焦りは禁物だ。動物と接する時と同じで、急激に距離を縮めようとしてはいけない。

少しずつ、少しずつ馴染んでもらい、危害を加えないのだと伝えて警戒を解かせて……ようやく触れることを許される。

動物と同列に並べるなと周良はきっと怒るだろうけれど、三笠にとっては『同じくらい重要』なのだ。

一度でも失敗してしまったら、手にしかけていた信頼を取り戻すのは困難極まりないという意味では、表面だけ取り繕えばそれなりにうまくいく人間を相手にするより、動物たちはずっと難しい。

頭にあった手を滑らせて背中の真ん中に押し当てると、手のひらから薄いシャツ越しに周良の体温が伝わってくる。

身体が熱を帯びている。激しく脈打つ、心臓の鼓動を感じる。

それにつられるように、三笠の脈動も忙《せわ》しないものになり……今更ながら戸惑った。誰かを腕に抱いてこんなにもドキドキするなど、十代の頃でも記憶にない。それだけ、この腕の中の周良が特別ということか。

「ン、ぅ……千、里」

苦しそうに口づけから逃れた周良に名前を呼ばれると、身体の奥深くからますます熱が込み上げてくるのを感じた。

どんな表情をしているのか、確かめたくて周良の顔を覗《のぞ》き込む。

顔を見られるのを嫌がった周良は、唇を噛んでそっぽを向いてしまったけれど、紅潮した頬《ほお》と潤んだ瞳は隠せていない。

こんなふうに虚勢を張られてしまったら、意地悪く突《つつ》いて彼の積み上げたバリケードを崩したくなって……困る。

「チカくん？　キス、嫌だった？」

わざとオブラートに包まずに尋ねた三笠に、周良本人に自覚はないだろうけど目元を更に赤く染めた。

返事を急かすことなく待っていると、眉間《みけん》に皺《しわ》を刻んで視線を泳がせて……小声で答えてくる。

「イヤ、じゃ……ない、けど」

「けど？」

首を傾げて、もごもごと濁した言葉の続きを促す。顔を背けている周良は、三笠の唇に滲む微笑に気づいていないはずだ。

今の自分は、俗に言うスケベ笑いというヤツを浮かべていることだろう。周良に見られたら、ものすごく嫌な顔をされるに違いない。

我ながら、実に大人げない。というか、好きな子をついイジメてしまう小学生の気持ちがこの歳になってわかるとは……新たな発見だ。

「ここで、変なことするの……ヤダ」

しばしの沈黙の後、周良は明後日のほうへ顔を向けたままポツポツと口にした。

クリニックの休憩室は、看護師たちスタッフが日常的に使う場所だ。自分たちにとっても、夜の散歩後の大半の時間をここで過ごすという、日常に密接な空間で……そんなところへ、生々しい秘め事を持ち込みたくないのだろう。

十代の少年らしい潔癖さというか、触れ合うことにはある程度馴染んだはずなのに、相変わらず変にスレない。

……可愛すぎる。

かえって触りたくてたまらなくなり、うずうずと指を震わせた。抑えようとしたけれど、周良の横顔を見ていたら抑制が利かなくなり、数十センチと距離を取っている周良の背中を更に困らせたくなってしまった。
「変なこと？　キスは、変なことに入らない？　じゃあ……これは？」
我ながら捻《ひね》くれていると思うが、硬い雰囲気を漂わせつつも赤く染まる目元を見ていると、
再び抱き寄せる。
「ぁ」
背中を縦断して、白いシャツの裾《すそ》から手を潜り込ませる。
戸惑う周良を無視して、アンダーに着ているTシャツの内側へ差し入れて素肌を撫でると、
ビクッと身体を強張らせた。
「千、里。ヤ……だ、って」
「僕は、撫でているだけだけど」
ふと、ソファの端に落ちている猫耳の髪飾りが目に入った。
右手は周良を抱き寄せたまま、こっそり左手を伸ばして黒猫の耳を模したカチューシャを
取る。
「ああ、そうか。人間じゃなくてチカ猫くんなら、変なことじゃなくてただのスキンシップ
にカウントされるかな」
しゃべりながら、周良の頭に髪飾りを装着する。感触でなにをされたのか察したらしく、
周良はわずかに目を瞠《みは》って三笠を見上げてきた。

「っ！　やめろよ、バカッ」

眦《まなじり》を吊《つ》り上げて怒る顔が、猫耳に妙なくらい嵌《はま》っていてますます可愛い。などと本当のことを言えば、カチューシャを投げ捨てられると想像がつくので、喉元《のどもと》まで込み上げてきた感想を呑《の》み込んだ。

カチューシャを外そうとする周良の両手を握って制止して、不満そうな顔を覗き込む。

「似合うんだから、そんなに嫌がらなくてもいいのに」

「そういう問題じゃないっ。最初の頃から、千里のことを変な人って思ってたけど……やっぱり、変人だ」

「チカくんは、恋人を変人呼ばわりするのか。確かに、字は似てるかもしれないけど」

ついに変人認定されてしまった。

ふぅ……とため息をついた三笠に、周良はもぞもぞしていた身体の動きを止めた。わずかに眉を寄せて、なにを言い出すかと思えば。

「……時々、千里の実年齢を思い出すよ」

と、暗に『オヤジ』だと指摘されてしまう。

三笠は、不意打ちに頬が引き攣《つ》りそうになるのを辛うじて抑え込み、コホンと咳払《せきばら》いで動揺を誤魔化した。

「恋人ってところを否定されなくて、安心した。で、これだったら変なことじゃないんだよね？」

話題逸らしだと悟られないように、素肌に触れている手の動きを再開させる。背中をゆっくりと撫でて、脇腹をくすぐり……性的な興奮を呼び起こすというより、体温を馴染ませるようにじっくりと手のひらを這《は》わせる。

「ッ、ン……、っや、やらし……っよ」

「そう？」

肩を竦《すく》ませて苦情を訴えてくる周良に、すっ惚《とぼ》けた調子で切り返して苦笑を滲ませる。

どうやら、素直な周良は誤魔化されてくれたようだ。

後でへそを曲げられることがわかっているので、不埒な手がエスカレートしないように制御しながらスキンシップを楽しんだ。

「ッ、ん……、ぅ、っっ」

三笠の手を強引に振り払うことはできないらしく、周良は奥歯を噛み締めて肩口に頭を押しつけ、ビクビクと身体を震わせる。

頑《かたく》なに顔を隠されているので、残念ながら表情は見られないが、時おり縋るように腕を掴んでくる。困らせている張本人に甘えているのだと、周良に自覚はないはずだ。

頭に装着したままの黒猫の耳が、視界の端で小さく揺れている。体温を上げつつある身体は熱いくらいで、本物の、大きな黒猫を腕に抱いているみたいだ。

もちろん、猫にはこんなふうに危うい衝動を呼び起こされることなどないけれど。

「せ、千里……」

「うん？」

「千里の、バカ。ヘンジン、じゃなく……て、ヘンタイ」

身体を硬くしてギュッと三笠の腕を摑み、吐息の合間にかすれた声で悪態をつく周良に、笑みを深くした。

「チカくんが可愛いから。ごめんね？」

こうして、触れて反応を見ているだけで楽しい……と感じるあたり、周良に指摘された実年齢を実感してしまう。が、それもこれもすべて、周良が可愛いのがいけない。

密かに責任転嫁をしていると、周良は、もう一度小さな声で、

「……バカ」

とだけ口にして、諦めたように嘆息すると身体を預けてきた。

ギリギリのところで繋《つな》ぎ止めている理性が飛び立ちそうになるから、あまり可愛いことをしないでいただきたい。

ソファの端には、周良がポイッと投げた黒猫の耳型カチューシャが転がっている。

変なことはしないと宣言したからには、と散々煽《あお》っておいて手を引いた三笠を、周良は潤んだ目で睨《にら》みつけてきた。

「ダメなんだよね？」

そんなふうに意地悪モードで尋ねると、悔しそうに唇を噛んで目を逸らし……消え入りそうな声で、零《こぼ》したのだ。

「千里のせいなんだから、責任取れよ」

と。

もちろん、喜んで『責任』を取らせてもらった。

先ほどから無言の周良は、我慢のできなかった自身への腹立たしさと、周良だけに快楽を与えて返そうとする周良の手を拒んだ三笠に対する不満と……きっと色々なものを持て余して、ソファの上で膝《ひざ》を抱えている。

それでも、時間の経過に従って少しずつ距離が縮まっているのは確かだ。

こちらから手を伸ばせば拒絶されるとわかっているので、三笠は周良がバリアーを解いてくれるのを待ちの姿勢でいた。

トン、と。左肩に周良の方が触れた。曲がっていたというか、自分が曲げてしまったヘソが戻ったのかと、安堵する。

遠慮がちに甘えてきた周良は、しばらく無言だったけれど……顔を上げることなく、ポッリと口にした。

「千里、おれ……神戸《こうべ》に連れて行かれるかも」

「神戸？」

唐突な言葉に、怪訝《けげん》な声で聞き返した。

もしかして、顔を合わせた時からいつもと様子が違うと感じていた要因は、それだろうか。

またしても沈黙が落ちる。

どういうことだと、続きを急かしたくなるのをグッと耐えていると、周良がようやくのろのろと顔を上げた。

アーモンド形の切れ長の瞳は、気位の高い猫を連想させる。ただ、今の周良は凛々しい印象の綺麗な顔に、いつになく不安げな色を浮かべていた。

「母さん、が……彼氏と引っ越す、って。昨日、聞かされて」

「……うん」

どうにも要領を得ない言葉だったけれど、三笠は根気強く待つ。

大きく肩を上下させた周良は、再び俯《うつむ》き加減になって三笠の肩にもたれかかり、ポツポツと語り始めた。

「改まって、話があるって言うからなにかと思ったらさ……母さんの彼氏、早川《はやかわ》さんってオジサンなんだけど、神戸に転属になるんだって。そこそこ大きい企業らしくて、支社の責任者としての配属だから……定年まで、コッチに戻らないって。この機会に、一緒に来てくれって母さんにプロポーズしたらしくて……母さん、おれが嫌じゃなかったら受けるつもりみたいだ」

何度か迷うように言いよどみながら口にした周良は、三笠に上半身を預けたまま小さくつぶやきを続けた。

「おれに判断させるなんて、ズルいよなぁ。……反対なんて、できねーよ。あの二人、何年もつき合ってて結婚しなかったの、おれがいるからだろうし」

「…………」

周良の家は母子家庭で、どうやら母親にはつき合っている男性がいるらしくて……と、軽く耳にしてはいたけれど、事情を深く知らない三笠はなにも言えない。

無言で周良の頭を抱き寄せて、サラリとした髪を指先で撫でた。周良は抗うことなく、くすぐったそうに肩を竦ませる。

「おれ……ずっと、変な誤解してたんだ。早川さん、別にきちんと家庭があるくせにウチの母親を愛人にしてるんだろ？　って。でも、なんか思ってたのと違ってた。大昔に離婚してるんだってさ。社会的地位のあるいい歳したオジサンが、真っ赤な顔で『君のお母さんと結婚させてほしい』とかって、おれの機嫌を窺ってさあ。できれば、君も家族になってくれないだろうか……なーんて、ついでにおれまでプロポーズされちゃったよ。母親は母親で、『今更、結婚なんて……って思うんだけど』なんて年甲斐もなく照れてるし。彼氏と並んでもじもじする母親を見るなんて、妙な感じ」

ポツポツと語る周良の隣で、「うん」と軽く相槌《あいづち》を打った三笠は、頭の中で聞かされた話を整理する。

つまり周良は、母親が早川という男性の愛人だと思い込み、自分が疎《うと》ましがられていると感じていた。

けれど、実際のところは違っていて……。

大人二人は、難しい年頃の周良に気を遣って干渉を控えていた。

周良は、二人の邪魔をしないよう避けていた。

どちらも悪意はなく、ただ会話や接触の乏しさのせいで思いが嚙み合わなかっただけというあたりか。

家族であるが故に、気を遣ったり邪推したり……踏み込むことが怖くて、すれ違いが深くなってしまうのはわからなくはない。

ただ、本音を知ってしまえば途端にわだかまりが融解するのも、家族ゆえか。

「前に、千里から言われたこと、的外れってわけでもなかったみたいだ」

自分が、周良に言ったこと？

なにを語ったか記憶を辿り、そういえば……と思い出す。
本人は本音を隠していたつもりかもしれないけれど、母親とその交際相手に遠慮している
らしい周良は、自宅に居場所がないのだと淋しそうに語った。
疎ましがられていると口にする周良に、三笠は『本人にそう言われたわけではないのなら、
本当のことはわからないだろう』と諭《さと》したのだ。あの時の周良は、諦めの滲む顔で『キレイ
ごと』とつぶやいたのだが……。
「そう、相手がなにを考えているかなんて、やっぱり話してみないとわからないものでしょ
う?」
「……うん。おれ、浅はかだなぁ、って思い知った。母さんたちのこともだけど、コーイチ
さんとか……千里についても」
周良の口から出た『コーイチ』という名前に、三笠はひっそりと眉を顰めた。
夜の街に居場所を求める、少年少女のリーダー格の少年……いや、青年の名前だ。
三笠が彼と顔を合わせたのは一度きりだが、周良から話を聞く限りなかなか興味深い人物
らしい。
少年少女のダークヒーローに祭り上げられていたらしく、都市伝説のような噂ばかりが横
行して粗暴なイメージが強かったそうだが、歩み寄ってみたところ実像は違うことに気がつ
いたのだと、周良は自己嫌悪を漂わせながら語った。

周良にとって、どうでもいい表面上の『トモダチ』の中で、わずかでも特別めいた要素がある彼は……三笠にしてみれば、それだけで気に入らない存在だ。

我が物顔で『チカラ』と呼び、図々しく抱き寄せていた場面を思い出せば無意識に眉間に皺を刻んでしまう。

そんな大人げない部分を周良に悟らせないよう、なんとか大人の余裕を取り繕う。

幸い、三笠が不快感を滲ませていることは、俯き加減の周良には伝わっていないようだ。

周良は小さな溜息をついて、つぶやくように言葉を続けた。

「ここしばらくで、勝手な思い込みをことごとく覆されたなぁって。ちょっとだけ、オトナになった気分」

「その、思い込みって部分に僕も含まれているのかな。チカくんの中で、どう変化したのか聞いてもいい？」

左手で周良の髪を掻《か》き乱した三笠は、唇に苦笑を浮かべて尋ねた。

周良が、自分のことをどんなふうに思っていたのか。想像はつくし、どう変化したのかもなんとなくわかるけれど……本人の口から語らせたい。

今の自分は、きっとものすごく人が悪い顔をしているはずだ。

三笠の指に髪を弄《いじ》らせたまま、周良がそろりと顔を上げた。目が合う前に、ポーカーフェイスを取り繕う。

表情には出ていないはずだが、周良は、

「おれが言わなくても、だいたいわかってるクセに」

唇を尖《とが》らせてそう言うと、上目遣《うわめづか》いでこちらを見た。

少しだけ恨みがましい表情も、実に可愛らしい。

「さぁ？　たった今、チカくんが言ったんだよ。想像が正しいとは限らない……って」

「屁理屈っ」

短く吐き捨てられた言葉に、ふふ……と微笑を浮かべた。

実際のところはかなり周良に負けているのだが、表面上だけでも『大人の余裕』を繕いたいというくだらないプライドだ。

「――神戸、か。チカくんは、どうしたい？」

新幹線で三時間そこその距離だといっても、遠い。三笠も遠いと思うのだから、高校生の周良にしてみれば更に距離を感じるはずだ。

「おれ、は……こっちに残って、一人暮らしする。って言ったら、反対されてケンカになった。物別れに終わっちゃった。だって、いわば新婚サンだろ？　本気で邪魔モノだろうし、おれもこっちに気を使う二人を見るのなんて嫌だ。慣れない土地で、深夜徘徊《はいかい》するって考えたらさぁ……」

周良は笑いながら軽く口にしていたけれど、言葉の途中で膝を抱える手に力を込めるのがわかった。

新婚の二人の邪魔をしたくない。それは、本音だろう。けれど、そのために夜遊びに出ようとするあたりは……周良には悪いが、浅はかな。

夜の街に居場所はないと、思い知ったくせに。

居場所を見つけられない周良が、また捨て猫のように途方に暮れるのかと思えば……手を差し伸べずにいられなくなった。

せっかくすれ違いを修正して『家族』になろうとしているのに、割って入ろうとする自分に呆れと自己嫌悪を覚えつつ、頭に浮かんだことを口にする。

「うちに下宿する？」

「えっっ」

唐突な提案に驚いたらしく、周良が勢いよく顔を上げた。戸惑いたっぷりの目は、三笠の発言が本気か否か図りかねている。

「動物看護に、興味があるんだよね？　専門学校に通うのに、こっちの方が都合がいいってことにして……ついでに、うちのクリニックでアルバイトをしてもらう、と。人手不足なのは嘘《うそ》じゃないし、チカくんがきちんと進学してくれるのが絶対条件になるけど」

どうだろう？　と三笠が投げかけた提案に、周良は大きく目を瞠った。考えもしていなかったらしく、言葉もないようだ。

「おれ、動物看護とかって、千里に言ったっけ？」

「――チラリと漏れ聞こえてきました。チカくんさえよければ、お母さんにご挨拶に伺《うかが》うけど？」

「で、でも……おれは、願ったり叶ったりって感じだけど、千里にメーワクじゃ」

「僕は、チカくんが傍にいてくれると嬉しいよ。ついでに、将来のスタッフを確保できるしね」

本音を言うと、目の届かないところで周良が淋しがっているのでは……と気が気ではなくなるのを避けたいというエゴだ。

ただ、周良にそんなことを言おうものなら、淋しくなんかない……監視する気かと、反発されると予想がつくので胸の中に仕舞っておく。

「……母さんに、言ってみる」

「うん。お休みの日に、お時間ください……って伝えておいて」

本音を隠した微笑を浮かべた三笠は、周良の頭にそっと手を乗せる。

俯いて小さく頭を上下させた周良は、小声で「ありがと」とつぶやいて肩口に額《ひたい》を押しつけてきた。

周良のためを装った三笠が、結局は己のために画策していることなど疑ってもいないに違いない。

悪い大人だな、と天井に視線を泳がせて周良の頭を抱き寄せた。

□□□

「……で、千里は可愛いニャンコちゃんを堂々と自分の手元に置くことに成功したわけだ。犯罪者め」

コーヒーカップを置いた幼馴染みの口から出た遠慮の欠片《かけら》もない言葉に、三笠はふふんと鼻で笑った。

何とでも言えばいい。

「胡散臭《うさんくさ》いみたいに言ってたくせに、イケメンに笑いかけられたらコロリと手のひら返して……だって。夜遊びばかりしていた周良を更生させてくれてありがとうございますなんて、お礼まで言われちゃったよ」

周良の母親と対峙した時のことを思えば、つい唇の端が緩んでしまう。話し合いを終えて帰宅する三笠を送るという口実でマンションの下までついてきた周良は、母親の態度にブツブツと文句を零していた。

我ながら、見事な手腕だったと自画自賛してしまう。猫かぶりという言葉があるけれど、あの時の自分が被っていたのは化け猫サイズに違いない。

顚末《てんまつ》を聞いた幼馴染みは、「外面がいいんだから」と特大の溜息をつく。

「そう言えば、受付の山本《やまもと》さんから聞いたけど、面白い噂があったみたいね。女をタラシて、資金援助してもらってる……とか？　その『女』は、私かぁ。実に愉快だわ。正確には、千里がタラシたのは祖父《じい》さんなのにねぇ」

幼馴染みということで、気心が知れていて遠慮がないのはお互い様だ。取り繕うことのない本音で会話ができる、数少ない人物でもある。

ちなみに、互いに異性として意識したことは皆無だ。関係性は、身内に近い。

「ヤダなぁ、タラすだなんて人聞きが悪い。君が獣医になんかなりたくないって言うから、それなら僕が跡取りになる……って言っただけだ。お祖父さんが喜んでくれて、将来、千里に病院をあげよう……なんて子供相手の口約束を守るなんて、律儀《りちぎ》だとは思うけど」

おかげで、この歳で立派なクリニックを持つことができた。愉快な『噂』は、まぁ……オマケだと思っている。

「こうなったら、手が後ろに回らないようにうまく立ち振る舞いなさいよ。あと、今度改めてニャンコちゃんを紹介してよ。泣きそうな顔で睨みつけてきて……可愛かったわぁ」

夜の街で顔を合わせた時のことを思い出してか、クスリと笑いながら周良を紹介するよう迫ってくる。

完全に面白がっている幼馴染みにチラリと目を向けた三笠は、笑顔で一言だけ答えた。

「ダメ」

「なによ、ケチ」

どう言われても、周良を逢わせる気はない。昔から三笠と好みが似ている彼女は、絶対に周良を気に入るとわかっている。

見せるのもごめんだ。もったいない。

あの可愛い猫は、自分だけのものなのだから。

あとがき

こんにちは、または初めまして。真崎ひかると申します。『可愛い猫じゃないけれど』をお手に取ってくださり、ありがとうございました。

またしても、とても変な人を書いてしまったような気がします……。変な人というより、コレはもしかしてむっつりナントカでしょうか。

性格と容姿とカチューシャの装着でわかりやすく猫な周良に加えて、三笠も対外的に巨大な猫を被っているので、ある意味どちらも『猫』なのかもしれません……ね。こんなニャンコな一冊ですが、ちょっぴりでも楽しんでいただけると幸いです。

ニャンコといえば、ちょうどこの文庫の仕上げに差しかかった頃、黄砂で汚れた愛車のフロントガラスに猫の足跡が残っていました。屋根からボンネットに降りようとしたのではないかと思われますが、フロントガラスの真ん中あたりにうっかり足を滑らせたらしい擦れの跡があり、運転席に座ってそれに気づいた瞬間笑ってしまいました。和ませてくれた猫くんに感謝です。

書き手が変人と言ってしまうキャラなのにとっても格好いい三笠と、ヤンチャかつ美人可愛い周良を描いてくださった高星麻子先生には大感謝です！　内面はともかく、ビジュアル的にはとても麗しいカップルで眼福です。カバーのワンコたちも可愛くて、にまにましてしまいました。本当にありがとうございました。

今回も、とってもお世話になりました担当Hさま。お手を煩わせまして、申し訳ございません。Hさんの、「三笠さんったら変態」という語尾にハートマーク付の褒め（？）言葉に、こんな変な人でもいいのかな……と勇気をいただきました。色々とありがとうございました！

ここまで読んでくださり、ありがとうございます。ほんの少しでも、くつろぎタイムのお供となることができましたら幸せです。

それでは、失礼します。またどこかでお逢いできますように。

二〇一三年　お隣の屋根の上で猫が春眠しています　真崎ひかる

✦初出　可愛い猫じゃないけれど……………書き下ろし
　　　　可愛い猫は独り占め…………………書き下ろし

真崎ひかる先生、高星麻子先生へのお便り、本作品に関するご意見、ご感想などは
〒151-0051 東京都渋谷区千駄ヶ谷 4-9-7
幻冬舎コミックス　ルチル文庫「可愛い猫じゃないけれど」係まで。

幻冬舎ルチル文庫

可愛い猫じゃないけれど

2013年4月20日　　第1刷発行

✦著者	真崎ひかる　まさき ひかる
✦発行人	伊藤嘉彦
✦発行元	株式会社 幻冬舎コミックス 〒151-0051 東京都渋谷区千駄ヶ谷 4-9-7 電話 03(5411)6432[編集]
✦発売元	株式会社 幻冬舎 〒151-0051 東京都渋谷区千駄ヶ谷 4-9-7 電話 03(5411)6222[営業] 振替 00120-8-767643
✦印刷・製本所	中央精版印刷株式会社

✦検印廃止

ISBN978-4-344-82818-6　C0193　Printed in Japan